英国骨董店がらくた偽装結婚

浅名ゆうな

富士見L文庫

JN030324

CONTENTS

第一話　船上の偽装結婚

自由を奪われるというのは、水底《みなそこ》に沈むのと似ている。

静謐《せいひつ》でありながら空虚。じわじわと視界が濁っていき、痛みも苦しみも感じないようになり……そうして息絶えていく感覚。

けれど幼い菊華《きっか》は、それが正しいことだと信じて疑わなかった。

どれほど息が詰まろうと厳しい言いつけを守り、華族令嬢らしい品位を保つ。

父が固執していた上流階級の暮らし。その父が死んでも、惰性のように従い続けた。

ずっとそうやって生きていくのだと思っていた。

十三歳――一之宮《いちのみや》家が没落するまでは。

◇
◆
◇

薄暗い収蔵庫に入ると、菊華はようやく深く息を吸うことができる。

ここには、祖父が遺《のこ》した骨董品《こっとうひん》が多く置かれていた。

楕円形《だえんけい》の背もたれに、花と孔雀《くじゃく》が刺繍《ししゅう》された薄青のシルクが使われている椅子。貝殻の彫刻装飾と、猫のような曲線の脚をもつテーブル。カットガラスが輝く水差し。首から鈴を下げた犬の置物。象牙色の地色に色絵や金彩が施された、薩摩錦手《さつまにしきで》の平皿。

掃除の頻度が低いのは、薄く埃《ほこり》をかぶった箱からも見て取れる。使用人達のぞんざいな扱いに胸が痛くなるけれど、それは同時に人の出入りが少ないということでもあった。

横濱《よこはま》にある、地元ではそれなりに有名な神社。

それが一之宮菊華の生家だ。

祖父は菊華が生まれて間もなく亡くなっているが、骨董が趣味だったという。

家業のせいか、いわくつきの骨董品を持ち込む参拝者は多い。

お祓《はら》いをしても引き取りを拒まれたものは、処分するのも忍びなく、一之宮家で預かっていたらしい。ここには祖父が蒐集《しゅうしゅう》したものの他に、そういったものも置かれている。

祖父と不仲だったという父の代になってからは、骨董品の引き取りをやめてしまったが、確かに時折、誰もいないのに不思議な気配を感じることがある。ものが急に震えだしたり、勝手に棚から落ちていたりなども。

それでも菊華がここに通うのは、恐ろしいと思ったことがないから。

骨董品に触れると、彼らの気配を感じ取ることができたからだ。

器物百年を経て、化して精霊を得てより、人の心を誑《たぶら》かす……ではないが、世に生まれ百年以上を経た骨董品達は、独特の気配をまとっている。

人間に個性があるように、骨董もそれぞれに気配が異なる。

明るく華やかなものもあれば、寡黙さが伝わってくるもの、清浄で厳かな気配のもの、何となく触れるのを躊躇《ため》らうような、不吉な気配のものまで。

収蔵庫に収められた骨董品達も、元々は嫌な気配だったのかもしれない。亡き祖父がお祓いをしてくれたからこそ、今こうして触れることができる。

屋敷に居場所のない菊華にとって、収蔵庫に籠もって骨董品達に囲まれている時間は、何より落ち着くひと時だった。

ここにあるものは、祖父に代わって母が管理していたらしい。母も骨董が好きな人で、これらを大切にしていたという。

病に臥《ふ》せる母は、空気が綺麗《きれい》な別荘で長年療養生活を送っている。菊華が物心つく頃には、一之宮本家に母の姿はなかった。

一体、どのような人だろう。骨董品を箱から出して眺めては、母に思いを馳《は》せる。

母もこうして、骨董品に触れていたのだろうか。会ったらたくさん話せるだろうか。街で見かける親子のように、頭を撫《な》でて抱き締めてくれるだろうか。

その優しい手付きを、触れた温かさを夢想する。それだけで母と繫《つな》がれている気がするから、菊華は骨董品が好きだった。

骨董は、母と会えない寂しさを埋めてくれるもの。

菊華は穏やかな気持ちで、菊の花があしらわれた伊万里《いまり》の大皿の縁をなぞる。

すると不躾《ぶしつけ》に、襖《ふすま》の開く音が響いた。

「――お嬢様。また勝手にこんなところへ忍び込んだのですか」

女中が、ずかずかと収蔵庫に入ってくる。

彼女の視線は嫌悪に満ち、うんざりとした態度を隠しもしない。

「ここへの立ち入りは禁止したはずですよ」

「ご、ごめんなさい。急に骨董が見たくなってしまって……」

「こんなかび臭いものを見て、何が楽しいんですか。いわくつきの骨董なんて薄気味悪いったらありゃしない。病弱で、当主夫人としての務めすら満足に果たせなかった奥様の、嫌な趣味が遺伝しちまったようですね」

流れるように母を貶《おとし》められ、菊華は耳を塞ぎたくなった。

使用人から漏れ聞く母の姿は、散々なものだった。

由緒ある武家の出身だからと気位ばかり高い。使用人にはきつく当たるし、手を上げることもしょっちゅう。病弱を理由に、実家から厄介払いのように嫁いできたくせに。何かと散財する癖も、裕福な一之宮家に対する嫌がらせに違いない。

我が子を愛していない。だから一度として娘に会いに来ないのだ――というのも。

温まっていた心が、急速に温度を失っていく。

菊華は冷たい指先を、振袖の陰でこっそりと握り締めた。

神職の家系に過ぎない一之宮家が子爵位を得たのは、菊華が六歳の頃。

上流階級に強い憧れを持つ父が、金と人脈を駆使して手に入れたのだ。父はそれからたった二年で死んでしまったけれど、常に華族令嬢らしくあるようにと菊華を戒め続けた。

父が亡くなると、一之宮家の当主代理は叔父夫婦となった。

彼らは、邪魔な直系の娘を虐げるのに余念がない。それにならい、使用人達も菊華を軽んじるようになっていった。

「お嬢様、せめてこれ以上は奥様に似ないでくださいね。まぁ、一之宮家の役に立たなかった、元奥様――ですが」

使用人に鼻で笑われる華族の矜持《きょうじ》とは、何だろう。

なぜここまで言われなければならない。今怒られているのは菊華なのに、なぜついでのように母まで罵るのか。

そう思うのに不満も反論も口にできない。

常に綺麗な微笑《ほほえ》みをたたえ、負の感情は決して面に出さず、品行方正であれ。たおやかに、慎み深く、奥ゆかしくあれ。

生粋の華族令嬢に負けることなどあってはならない。

父の言葉は忌まわしい呪いのよう、未《いま》だに菊華を縛っている。

沈んでいく。心が、死んでいく。

「えぇ……気を付けるわね……」

いつかきっと、辛《つら》い日々は終わる。

そのきっかけは、見知らぬ誰かとの政略結婚かもしれない。生前の父の命に従い、箔付《はくづ》けのためだけに進学した女学校に、希望があるかもしれない。

少なくともこの状況からは解放されるはずだ。

一之宮の家に未練はない。叔父夫婦の好きにすればいい。

――だから、それまでの辛抱……。

菊華は震える手で、伊万里焼《やき》の大皿を箱に戻した。

その時、部屋の外がにわかに騒がしくなる。

使用人の悲鳴や、慌ただしいいくつもの足音。普段は気味が悪いくらい静かな屋敷に、男性の乱暴な怒鳴り声がやけに響いていた。

人の気配が少しずつ近付いてくる。

「あぁ……とうとう……」

女中の呟《つぶや》きを聞《き》き咎《とが》め、菊華は身を乗り出した。

「とうとう？　教えて、一体何が起こっているの？」

横柄な態度はなりを潜め、彼女はぶるぶると震えてさえいる。菊華よりも家内の事情に精通しているから、どういった事態なのか予測がついているのだ。

女中は、忌々しげに菊華を睨《にら》み下《お》ろした。

「差し押さえですよ！　元奥様の散財癖が、一之宮家を食い潰しちまったんだ！」

「差し押さえ？　そんな……華族の財産は宮内《くない》大臣が管理されているのよ。ここにある骨董品は世襲財産として届け出ているはずだから、差し押さえはできないと……」

「難しいことなんざ知らないよ！　原因はあんたの母親じゃないか！」

女中は吐き捨てると、巻き込まれるのはごめんだとばかりに逃げ出した。

彼女と入れ替わるように現れたのは、粗野な男性が複数名。

公的機関から送り込まれたにしては雰囲気が穏当ではなく、いかにも荒事に慣れているといったふうだ。

「契約不履行による差し押さえです。まぁ、いわくつきの品らしいが、売ればいくらかにはなるでしょう。悪く思わないでくださいよ、お嬢さん」

下卑た笑みを浮かべた男の宣告を皮切りに、収蔵庫へ人がなだれ込む。

「あぁ……そんな……」

次々に運び出されていく骨董に、菊華は動揺を隠せない。まさか、これらが差し押さえられてしまうなんて。

シルク地の椅子も、猫脚のテーブルも。カットガラスの水差しも犬の置物も薩摩錦手も、伊万里焼の大皿も。

それは私の宝物だ。乱暴に扱うな。

歯を食い縛っていないと叫び出してしまいそうだった。

喉の奥が痺《しび》れるような衝動を懸命にやり過ごす。

感情をみだりに乱してはいけない。そもそも、一之宮家が本当に負債を抱えているならば、その返済はするべきだ。誰かが困っているかもしれないのだから。

それでも、無意識に足が動いていた。

よろめく足取りで彼らに近付こうとした時――背後から強引に腕を掴《つか》まれた。

「探したぞ、菊華」

「叔父様……」

当主代理である叔父は、父によく似ていた。

凄《すさ》まじい執念にとり憑《つ》かれ、静かに正気を失った瞳などは特に。父は爵位に、叔父は金に目が眩《くら》んでいるのだ。

ぞっとして後ずさるも、腕を振《ふ》り解《ほど》けない。

「叔父様、痛い……」

「お前が逃げようとするからだろう。いつもは従順にしているというのに、今日は一体どうしたことかね？」

使用人達も慌てふためく中、いつも通り微笑んでいる叔父の方がおかしいのだ。

喧騒《けんそう》に包まれる邸内が、叔父の異様さを浮き彫りにしているようだった。

「お前にお客様が来ているのだよ。以前にいらっしゃった時、お前もご挨拶をした方だ。一目でお前を気に入ってくださったということでね。奥様と死に別れてお寂しいそうで、後添いを探していらっしゃったらしい」

何を言われているのか理解できない。

叔父の穏やかな笑みがおぞましかった。

気持ち悪い。気持ち悪い。自分の欲望を満たすことしか考えていない、醜悪な笑み。欲にまみれた眼差《まなざ》しに射貫《いぬ》かれ、不意に記憶が呼び起こされる。

確かに、叔父に呼ばれて仕方なく、見知らぬ男性に挨拶したことがあった。貴族院議員に籍を置くという、六十歳に差しかかった男性。いやらしい目付きには、衰えを知らぬ欲望がありありと映っていた。

「兄の爵位請願が叶《かな》い、お前も一応令嬢の端くれだ。可愛《かわい》らしくしていれば、それなりに扱ってもらえるだろう。結納金《ゆいのうきん》もかなり弾んでくださるそうだし、何より借金の一部を肩代わりするという確約までくださった。これほどありがたい話はない」

後添えなんて、上辺だけ取り繕った表現に過ぎなかった。

菊華は、借金のかたに売られるのだ。

頬を転がり落ちた涙は不安ゆえか、はたまた恐怖からか。

「いや……」

震える声で呟き、弱々しく首を振る。

叔父は聞こえないふりで応接間へと急《せ》かした。

その先に地獄が待ち構えているような気がして、菊華の抵抗は次第に激しくなる。

踏ん張りの利かない足袋で懸命に留《とど》まり、叔父の手を引き剝がそうとする。

しかし決死の抵抗も虚《むな》しく、しまいには引きずられるように廊下を進んでいく。

「いや……！」

「我《わ》が儘《まま》はやめなさい。いらない子だったお前が、ようやく家の役に立つのだぞ。むしろ喜ぶべきだろう？」

「誰か、だれか、たすけ……」

差し押さえ騒ぎに混乱している使用人達は、こちらを見向きもしない。

いや、きっと大声で泣《な》き喚《わめ》いたとしても、誰かが手を差し伸べることはないだろう。

我が身が可愛い彼らにとっては、自分達の今後が最優先事項。後ろ盾のない先代の娘がどうなろうと、興味すらないのだ。

絶望が胸を満たしていく。

こんなにもたくさんの人がいるのに、菊華は独りだった。

誰が助けてくれるというのだろう。

死んだ父は頼れない。

母の顔さえ知らない。

誰もいない。

菊華には、誰もいないのに。
心が粉々に砕けていく。
いつの間にか頬がぐちゃぐちゃに濡《ぬ》れていた。
気付かぬ内に泣いていたらしい。それなのに引きつるように口端が持ち上がっているの
だから、つくづく馬鹿らしかった。
この絶望的な状況で微笑んでいろと?
黙って従うのが令嬢らしい奥ゆかしさ?
——そんなもの……くそくらえ、よ。
なぜ、生き方を強要されねばならないのだろう。
納得できることならまだしも我慢できた。
けれど、嫌だと言っているのに。
菊華は歯をぎりりと食い縛る。
全て失った。
いいや、はじめから菊華は何も持っていなかったのだ。
心の支えだった骨董品《こっとうひん》も差し押さえられてしまった。
骨董品達が、引き取られた先で大切にしてもらえるか分からない。

乱暴に扱われるかもしれない。存在しないもののように扱われるかもしれない——今の菊華のように。

そう思うと、言い知れぬ衝動が湧き起こった。

何もないならこれ以上我慢する意味はない。

誰も助けてくれないなら——自分が戦うしかない！

渾身《こんしん》の力でその場に踏みとどまる菊華を、叔父は怪訝《けげん》そうに振り返った。

「菊華？　いい加減、諦めて——……」

「うるさいボケナス!!」

菊華は目の前の胸ぐらを力任せに引き寄せ、全力で跳び上がった。

ゴッッッッ

日頃の恨みを込めた頭突き。

それは、見事叔父の額に命中した。

まさか反抗されるとは思っていなかったのだろう。叔父はすっかり油断していたから、早くも額が腫れはじめている。

「いっ……！　ボ、ボケナスだって……？　一体、どこでそんな下品な言葉を……そのようなことでは先方の気を損ね……いや、そんなことより今はすぐに応接間へ……」

「だからうるさいっての。これ以上あんたに従うなんてごめんよ。一之宮家も、金で若い女を買おうなんてくそじじいも、私の知ったこっちゃないわ！」

「あっ、こら、待ちなさい……！」

追いすがる声を振り切り、菊華は濡れ縁を飛び降りた。

沓脱石《くつぬぎいし》にあった誰かの草履を適当につっかけて走り出す。

そのまま勢いで屋敷を飛び出す時も、少しも迷わなかった。

宝物だった骨董品への未練がないといえば嘘《うそ》になる。それでも、ここで連れ戻されてはたまらないので、決して足を緩めない。

一度極限まで絶望したからだろうか、不思議と視界が明瞭だった。

粉々に砕けた心は繋《つな》ぎ直《なお》せばいい。

金継ぎだってそう。

欠けた碗《わん》に施すことで、この世に二つとない逸品となるように。

……今なら。

がむしゃらに手を伸ばせば、唯一無二の強さに届く気がした。

街ではしゃぐ子ども達を遠目に眺めながら、ずっと憧れていた。

自由に駆け回ること。好きなように笑い、話すこと。

頭突きをかました時の叔父の顔を思い出し、弾む息の合間に笑いが込み上げてきた。

「ハ、ハハ、ハッ……」

高台にある屋敷から、一気に港の方へ。

日が暮れはじめ、緩やかな光の残滓《ざんし》をまとう街並みが、千切れそうな速さで後方へと飛んでいく。全力で走ると見慣れた景色さえ違って見えるのか。

気持ちがいい。楽しい。楽しい。

悪路に足を取られ、前のめりに顔から転んだ。

泥だらけだし、振袖も台無しになってしまった。

一瞬、死んだ父の顔がよぎる。

父は成り上がりであることを常に気にしていた。今思うと菊華は、必要以上に華族令嬢らしくあれと言い含められていたのだろう。

結局、父の虚栄心を満たすための道具に過ぎなかった。

そして菊華自身、何も疑問に思わず従っていた。

「ハッ、ハハ……」

馬鹿みたいだ。父も、自分も。

立ち上がりざま、窮屈な草履を勢いよく脱ぎ捨てる。

この先、品行方正である意味はない。

自由だ。解放されたのだ。

菊華は足袋が汚れるのも構わず、着物の裾をからげて再び走りだす。

上品さも従順さも吹っ切って走る気持ちよさ。

菊華は、心の底から笑っていた。

「よっしゃあ――――!!」

解放感から快哉《かいさい》を上げる少女を、周囲の大人達は奇異な目で見下ろす。

港に近付くにつれ人通りが多くなるのに、猪《いのしし》にでも出くわしたかのように素早く道を譲られる。それがまた痛快だった。

潮の香りをふと意識して、ようやく足を止める。

海外との貿易が盛んな昨今、大型汽船が何隻も停泊している。

その内の一隻に、縄梯子《なわばしご》がぶら下がっているのが目についた。

菊華は周囲にひと気がないことを確認すると、縄梯子をよじ登る。

停泊中は、ほとんどの船員が街へ繰り出しているようだ。雑然とした船倉を進み、船員が複数名で使っているらしい部屋へ侵入する。

目当てのものはすぐに見つかった。

放置された男物の洋服上下に、大振りのナイフ。

子どもの単独行動は危険をはらむが、それが女児ならなおさらだ。身元が判明すれば連れ戻される可能性だってある。

菊華は躊躇《ためら》わず髪を切った。

ナイフを使った経験がないので雑な仕上がりになってしまったが、それもまたみすぼらしく見えてちょうどいい。

「着物は……泥だらけでも売れるかしら？　それなら草履ももったいなかったし、髪も綺《き》麗《れい》に切れば売れたかもしれないわね……」

身一つで生きていくのだし、先立つものは少しでも多い方がいい。

丈の合わない服に袖を通しながら首をひねっていると、ふと話し声が聞こえてきた。

途切れがちに聞こえる単語を理解できない。

それが、異国の言葉だったために。

……一度止まった手を、菊華はまた動かしはじめた。

シャツの釦《ボタン》を留め終えると、ゆっくり顔を上げる。

どこへ行く船でもいい。

これからは、『一之宮菊華』を捨てて生きていくのだから。

◇◆◇

五年という歳月はあっという間に過ぎても、穏やかで美しい海は変わらずそこにあり続ける。たとえそれが日本国でなくても。

結果として、菊華が乗り込んだ船が向かった先は、大英帝国だった。

「おーい、おじい。ちょっとこれ見てくんない？」

荷運びをする同僚の群れをすり抜けながら、菊華は意識的に低い声を張り上げる。一抱えほどの釘打《くぎう》ちされた木箱を片手に、不安定な甲板を悠々と歩く。

菊華は現在、『太郎《たろう》』という偽名を使い、貿易船の下働きとして生きていた。

積み荷の上げ下ろしで一日が終わる過酷な労働。だが、この貿易船を所有する『東堂貿《とうどうぼう》易商會《えきしょうかい》』の日本国出身の会頭の意向で、日本人が多く働いており、英語の読み書きや会話を学ぶにもそれなりに環境がよかった。

自分の手で道を切り開いていく楽しさを、菊華は日々実感していた。

性別を偽る苦労はあっても、男として生きること自体は全く苦じゃない。我ながら抜群に図太くふてぶてしい。

「どうしました、太郎？」

呼びかけに振り返ったのは初老の男性。

光影《みつかげ》という名で、菊華の上司にあたる。年齢は四十代半ば頃。白髪交じりの頭髪と目尻に刻まれたシワ、年齢階級問わず丁寧な口調が、穏和な印象を与える。

目利きで知識も豊富な光影は『東堂貿易商會』の社員で、高級店が軒を連ねるリージェントストリートに店舗を構える『東堂骨董店《とうどうこっとうてん》』の店主でもある。

貿易船で持ち込まれた商品は、最近王都で話題の百貨店や、会社名義の倉庫、日本国へ向かう船や『東堂骨董店』に振り分けられる。

光影は、雑多なものから骨董品を見つけ出すため、貿易船が入港すると必ず顔を出す。

自然、菊華は彼とよく話すようになった。今では『おじい』と呼んで慕っている。

それは同僚から言わせると、『無礼にもほどがある態度』だそうだが、骨董が大好きな菊華にとって、光影は憧れの存在。

理想の骨董店を、一から作り上げる。

美しいものが好きで美しいものだけに囲まれていたい菊華の、現在の野望だ。

そうして伝手《つて》を広げ、いつか——一之宮家から差し押さえられていった骨董品達を、取り戻すことができれば。

そのためにも、今は光影から学ぶ機会を逃すつもりはなかった。

「おじい、この荷物さ、ロビーが派手に落としちまったんだ。やばいかなと思って中身を確認したら、あいつ『落としたのが安もんでよかった』とか言い出しやがって」

「おやおや。荷を開けてしまったんですか？　太郎のことは信用していますが、一応規則なので今後は私に確認してからお願いしますね」

もちろん、大事な荷に手をつけるなどもっての外だ。

菊華は殊勝な顔で頷《うなず》いたあと、すぐに話を続けた。

「分かった。そんでこれ、中身は銀製のキャンドルスタンドだったんだけど」

「……おいお前、全然響いてねぇだろ」

光影との会話にぼそりと口を挟んだのは、荷を落とした当のロビー本人。

叱責を恐れて気配を消していたのだが、上司への態度がひどすぎる菊華に黙っていられなくなったらしい。ちなみに光影への態度を無礼と注意したのも彼だ。

「そもそもロビーが商品に敬意を払わないから、こんな事態になってるんだろ？」

「商品に敬意を払う前に光影さんを敬えって言ってんの！」

「俺はお育ちがよろしいから、目上への敬意を忘れない男だぞ」

「適当言いやがる……！」

菊華が男性に比べると小柄だからか、彼は何かと兄貴風を吹かせたがるのだ。

実際はロビーの方が年下なのだが、ひょろっとした体型のせいもあり十三歳くらいだと思われているため、仕方がない部分もある。

だが、ものを大切にしない彼の勤務態度は、仕方がないでは済まされない。

菊華は、キャンドルスタンドが納まった木箱を見下ろした。

優美な曲線が目を惹《ひ》く枝付きキャンドルスタンド。

全体が対称な造りで、柱の部分にもキャンドルソケットと同じく、壺《つぼ》のような膨らみを持たせてある。装飾がほとんどないシンプルなデザインで、作り手は造形そのものの美しさを強調したのだろう。

経年ゆえの曇りはあるものの、堂々とした艶を帯びて輝いている。大切にされてきたことが分かる品で、垢《あか》まみれの手では触れることすらできない。

「確かにこのキャンドルスタンドは純銀製じゃない。よく見ると接合部分のメッキが摩耗して、素地の銅が見えていると言ったのも俺だ。でもだからといって、銀メッキなら安いから落としていいってのは間違ってる」

真正面から諭すと、ロビーは目に見えて怯《ひる》んだ。

「何だよ。お前だって、普段から贋作《がんさく》だの真作だの騒いでるじゃん。俺はよく分かんねぇけど、銀メッキってことは贋物《にせもの》だろ？」

「贋作だとか真作だとかは、商品として扱う上での分類に過ぎないんだよ。ロビーの言い分だと、複製品だって価値がないってことになっちまう。そうじゃない。真作だろうと贋作だろうと複製品だろうと、持ち主にとって大切なものなら価値なんて関係ない。だからどんなものでも慎重に扱えって言ってんだよ」

「――ほう。これがメッキだとよく気付きましたね、太郎」

渋みのある声が、二人の論争を穏やかに仲裁する。

菊華とロビーの言い合いなどいつものことと、光影は勤務中ほとんど外さない白い手袋をした手で、銀製のキャンドルスタンドを取り出していた。

「これは、オールド・シェフィールド・プレートという技法を用いたキャンドルスタンドです。銅と銀を熱して溶着するやり方ですね」

十八世紀、枝付きキャンドルスタンドには高い需要があったから、銀のメッキ加工が施された安価な大量生産品が多く製造された。急増する中流階級《アッパーミドル》向けのものだ。

十九世紀後半となった現在は電気メッキが主流だが、十八世紀後半から十九世紀前半まではよく用いられた手法で、イングランドのシェフィールド以外でも、オーストリアやフランスなど、多くの地域で採用されていたという。

説明を聞き終えると、ロビーはほっと胸を撫《な》で下《お》ろした。

「大量生産品ってことは、やっぱり価値はないってことっすね！」

少年に笑みを返す光影はあくまで穏やかで、優しく細められた瞳からは慈愛さえ感じられる。だから多くの者が、彼の本質を見誤るのだ。

「とはいえ、ものを大事にできない者は論外だ。——分かるね？」

「……すっっっ、すみませんでしたぁぁぁ——!!」

全力の謝罪が船上にこだまする。

ロビーが空気だけは読めるおかげで、今日もこの船の平和は守られた。

観察眼と情熱を見込まれ、個人的に光影の指導を受けている菊華は、彼の容赦のなさをよく理解していた。ためになるので苦ではないのだが、本当に心底骨身に沁《し》みている。

「ざまぁみろ。これに懲りたら考えを改めるんだな」

「太郎さぁ、もうちょっと庇《かば》ってくれてもいいだろぉ……？」

「実際、本当に十八世紀後半にシェフィールドで造られたものなら、そこそこ価値はあるんだからな？　それを言わないのは、おじいの優しさだぞ」

「うげぇ。本気で骨董って分かんねぇ」

百年も経《た》てば、メッキが必要とされた時代背景さえ価値になる。求める人の増減や、時代の移り変わり。そういったもので価値が変わるのも、骨董の奥深い魅力だった。

色々ありつつも、荷の半数くらいを運び終える頃には午後になっていた。このあとも引き続き作業が待っているが、一先《ひとま》ず休憩時間だ。

「あー、労働のあとはこれに限るよなー……」

「これ飲んどけば午後も動けるもんなー……」

言い争ったことなど記憶の彼方《かなた》に追いやられ、菊華はロビーと紅茶を味わう。港でくつろぐ者もいれば、菊華達のように甲板に座ってのんびりする者もいた。

十一月。肌寒い季節とはいえ汗を大量に掻《か》いていたから、甘みが体に染み渡る。

昔は手に入りにくかったという砂糖も紅茶も、今は贅沢品《ぜいたくひん》ではない。労働者にも広まって、誰もが気軽に楽しめる飲みものとなった。

庶民が飲みはじめた当初は出がらし混じりの茶葉も出回ったらしいが、そういった粗悪品に当たったことはないので、その点この商会は労働者階級を尊重している。

仕事はきついが、体調が悪い時は休みもくれる。菊華は本当に運がよかったのだろう。

「動いてないとやっぱり寒いな」

「馬鹿だなロビー、休憩中は服着とけよ。もうすぐ冬だってのに半裸って何だよ」

「フッ、俺には紅茶があるから平気だ」

「あぁ、馬鹿って直らないんだな」

ぷかりと吐き出した息が、ほんの少し白く残った気がした。

冬の気配に不安を感じずに済むのも、宿舎で寝起きしているからだ。

汚くて古くて狭いが、屋根があって暖炉がある。何より、『疲れた』『寒い』と一緒に笑い合える仲間がいるのがいい。

一応この明るい馬鹿に救われているのだ、菊華は。

「なぁなぁ、見た？　今の馬車に乗ってたお嬢さん達、綺麗《きれい》だったな！　あーあ、ああいう優雅な美人と、どっかで運命的に出会えないもんかねぇ！」

……若い女性が港を通っただけでやに下がっている、底抜けの馬鹿だが。

ロビーが名残惜しそうに見つめ続けている、開放的な屋根なし馬車に視線を送る。

クリーム色やライラック、空色のシルクドレスと、それに揃《そろ》えた帽子、純白の日傘。思う存分着飾った令嬢達を乗せた馬車から、華やかな笑い声が尾を引いている。

「社交期《シーズン》でもないのに、しかも貿易船しかないような港に、何しに来たんだか……」

菊華は鼻を鳴らして毒づいた。

この寒い時期に屋根なし馬車に乗っているところが、貴族やそれに憧れる富裕者層の馬鹿馬鹿しさだ。体面や矜持《きょうじ》を守るためなら命を懸ける。

「お前、ひねくれてるなぁ！　ちったぁあのお嬢さん達の清らかな心を見習えよ！」

「清らかだって？　上品な振る舞いなんてもんは、努力すれば誰にでも身につくんだよ。その証拠に、生粋の貴族じゃなくて中流階級のご令嬢方だって綺麗なもんだろうが。大事なのは中身。内面の美しさが磨かれてこそ、本当の美ってもんだ」

真摯な表情で持論を語ると、ロビーはしばらく間を置いたあと激しく首を振った。

「……って、一理あるかもと思っちまったけど！　お前だって、骨董のこととなると見た目の美しさしか興味ねぇじゃんかよ！」

「馬鹿ロビー、骨董と上辺だけ取り繕った美人を混同するんじゃねぇ！　骨董はな、芸術家の魂を表現した極致、美という概念そのものなんだよ！」

「怖《こえ》ぇよ！　いや怖い通り越してちょっと気持ち悪《わり》ぃよ！」

いつものようにふざけ合っていると、港の方でざわめきが起こった。何ごとかと、ロビーと揃って船の縁《へり》から少しだけ顔を出す。

そこには、見覚えのない男性がいた。

光影が対応しているところを見るに、特別な来客だろうか。遠目だが、労働者の多い港には不釣り合いな服装だと分かる。

「誰だ？」

「たぶん会頭だな。俺、一度だけ見たことあるんだ」

会頭。『東堂貿易商會』のトップということか。

菊華の疑問に答えたロビーは、興味津々で身を乗り出している。

「珍しいな。あの人を見かけたの、下っ端として雇われた時以来かも」

「ロビーは今も下っ端だけどな」

「太郎のくせに的確に心を抉《えぐ》るんじゃねー！」

ロビーの心の叫びに、甲板で休んでいた船員達が呆《あき》れて笑い出す。

「お前ら本当に元気だな。このあとも俺の分までせいぜい働いてくれ」

「つーか、うるせぇよ。会頭に目ぇつけられんぞ」

「違いねぇ。労働者に優しいっつったって、首切られるのはあっという間だろうしな」

菊華達に忠告をくれたのは、親しくしている先輩方。

こちらも鍛え上げられた上半身を惜しげもなくさらしており、菊華はげんなりした。十一月だというのに馬鹿しかいない。

——日本のこの時期より寒いってのに……。

耐えられないほど寒い時しか宿舎の暖炉を使わないから、その弊害だろうか。こういう脱いでいない方がおかしいという流れだけは、本当にやめてほしかった。

「あんたらが服を着てない方が、よっぽど会頭に怒られそうっすけどね。寒くなってきたし、そろそろシャツくらい着れば？」

大人の対応でいなすと、彼らはにやりと笑った。

「寒いなら、こうすりゃいいだろ！」

「生意気な奴《やつ》はこうしてやるー！」

ほとんどただの筋肉と表現してもいい男達が、突然雪崩のように圧《お》し掛《か》かってくる。

菊華は一気に揉《も》みくちゃにされ、重みで膝をつきそうになった。

むわりと籠もる男臭さ。適当に結わえた後ろ髪を摑《つか》んでいるのは誰だ。

「ちょっ、馬鹿ですか！　痛いし重いんすよ！」

「つーか何で俺まで!?」

隣で巻き込まれたロビーが、菊華より悲惨なことになっている。

これはじゃれ合いなどという生易しいものではなく、ただの苦行だ。菊華は現実逃避のように悟った。

すると不意に、背中に圧し掛かっていた体重が消えた。

ついでに甲板全体までが静まり返っており、不思議に思った菊華は顔を上げる。

「……ん？　ちょっと、どうしたんすか……」

背後に人の気配を察知して、言葉が途切れる。

振り返るとそこには、先ほどまで地上にいた会頭らしき男性が立っていた。

「ご苦労さまです。みなさん、楽しそうですね」

帽子を目深にかぶっているから気付かなかったが、声が若々しい。

それに、背も高い。いかにも高級そうな外套《がいとう》を優雅に着こなしており、薄汚れた菊華達とはまさに別世界の存在だった。

会頭が帽子を外し――露《あら》わになった容貌に息を呑《の》む。

艶やかに輝く、銀灰色の髪。灰色を帯びた黒い瞳は切れ上がって鋭いけれど、ほんの僅か微笑《ほほえ》むだけで柔らかな印象になり、たちどころに色香が宿る。高い鼻梁《びりょう》、薄くかたちのよい唇。均整のとれた長い手足といい、にわかには日本人とは信じがたい。

美術品のごとく際立った容姿に、上品でありながら堂々とした笑み。それでいてどこか威圧的で、不穏な空気がにじみ出ている気がするのはなぜだろう。

骨董《こっとう》もそうだが、菊華は美しいものに弱い。

それは自他共に認めるところだが、彼の場合、誰であろうとも無条件にひれ伏すのではないかと思う。圧倒的なまでの美しさに、つい拍手を送りたくなるほど。

菊華が美貌に見惚れている間に、気付けばロビー達は整列していた。

まるで怪物に遭遇したかのごとく、全員が目を合わせないようにして。

菊華も危ういものを察し、すぐに列に交ざる。

会頭はゆったりとした足取りで、じゃれ合っていた先輩の一人に歩み寄った。

手袋をした手で、強引に顔を上げさせる。微笑みをたたえているのに、目の奥は無感情に観察するようだった。

「楽しいのはいいことですが、商品の周りでふざけるのは感心しませんね。——二度と船に乗れないなんて事態は、あなたも困るでしょう？」

ゾッとするほど冷たい声。

過剰な美しさは時に、暴力にも等しいのかもしれない。

いっそ無機質に思える笑みで解雇を匂わせられた先輩は、すっかり青ざめていた。

父や叔父、幼い菊華を買おうとしていた老人の顔が次々と脳裏をよぎる。

権力にものを言わせて相手を屈服させる、傲慢な人間に振り回されたくない。

振り回される人を傍観したままでいるのも、ごめんだ。

「……休憩時間とはいえ、あんたが所有する船でふざけていたのは謝ります」

菊華は先輩を庇《かば》うように進み出ると、真っ向から胸を張った。

頭に鳴り響く警鐘を無視して、相手をぎろりと睨《にら》み上《あ》げる。

「けど、もし気に入らないってだけで解雇するなら、それはただの横暴です。——こちとらお偉いさんの機嫌をとるのはうんざりなんだよ、失《う》せろカス野郎」

船上に、先ほどまでより重い沈黙が満ちる。

というより、固唾を呑んで成り行きを見守っていた者達が、残らず絶句していた。

雇い主に喧嘩《けんか》を売った菊華に後悔はない。

もう許されなくていい。思いきりふてぶてしい態度で顎を上げる。

麗しい実業家もさすがにしばらく表情を失っていたが、すぐに品のいい笑みになった。

やや首を傾ける仕草は魅力的なのに、菊華はなぜか追い詰められた心地になる。

「……面白い人ですね。俺は東堂政宗《とうどうまさむね》といいます。あなたの名前を聞かせてください」

会頭——東堂政宗が船縁《ふなべり》に手を置くから、ぎょっとした。気付かぬ内に物理的にも追い詰められている。

背中に船の手すりが当たるのを感じながら、菊華は慎重に口を開いた。

「た、太郎ですけど」

「ふふ。極めて雑な偽名ですね……一之宮菊華さん」

「――」

喉の奥が震えた。

なぜ。

五年もばれずにやってきたのに、こんなところで、こんなにもあっさりと。

言葉を失う菊華を、政宗は面白そうに見下ろしている。

彼が腰を屈《かが》めたため、端整な顔がさらに近付いた。

比類なき美しさと、底知れぬ感情を映した黒灰色の瞳。

――あれ？　どこかで……。

黒色の虹彩《こうさい》から、放射状に灰色がにじんでいく特徴的な色合い。

奇妙な既視感を覚えた菊華の耳元に、囁《ささや》きが落とされる。

「……あの時と立場が逆転しましたね」

その瞬間、記憶の波が奔流のごとく溢《あふ》れ出《だ》した。

菊華はあの頃、まだ八歳だった。

叔父夫婦の厳しい監視をくぐり抜け、こっそり港へ遊びに行った時、土塀に寄りかかって座り込む少年に出会った。

浮浪者や物乞いは見たことがあった。少年もそういった者達と同じようにぼろぼろだったのに、菊華は無意識に足を止めていた。

今思えば、何か違うと直感で分かったのだろう。

当時の彼も黒灰色の眼差《まなざ》しだけは理性的で、底知れぬ何かを秘めているようで、とても人生を諦めた人間には見えなかったから。

所持金を手提げごと差し出したのは、単なる気まぐれだ。

父が死ぬよりも以前から、少しずつ貯《た》めてきたもの。本家を乗っ取った叔父夫婦に、いつか見つかって奪われてしまうくらいなら、ずっといい使い道だと思った。

だが少年は、いらないと突っぱねたのだ。

菊華は腹が立って、あえて居丈高に振る舞った気がする。

『自分は施しを受けるほど落ちぶれちゃいないって？　そんな憐《あわ》れな姿で？　それを他人に譲ろうが投げ捨てようがあなたの自由だけれど——あら、不満そうね？　腹が立つならそれを元手に私を見返してごらんなさいな。目の前に落ちている幸運にしがみつけないような愚か者には、不可能でしょうけれど——……』

道端に座り込んでいた浮浪者同然の少年——あれが、政宗だったのだ。

菊華は愕然《がくぜん》とした。

そしてここにきてようやく青ざめもした。

あれを覚えていたのか。

しかも名前まで知られている。

十年も前のことだし、今は男装までしているのに。もしかしたら、もっと前から素性を調べられていたのかもしれない。

「俺はあなたを忘れたことなど、一日たりともありませんよ」

まるで情熱的に愛を告げるような台詞《せりふ》だが、おそらく間違いない。

菊華はごくりと喉を鳴らしながら確信した。

——間違いなく、滅茶苦茶《めちゃくちゃ》に恨まれてる……!!

戦々恐々とする菊華から体を離すと、政宗はやや声を張り上げて続けた。

「あなたがこの場所で懸命に生きてきたことは、容易に想像がつきます。ですが、このままではいずれ破綻することも目に見えているでしょう。あなたは——女性なのですから」

両者を遠巻きに窺《うかが》っていた同僚達も、これにはざわついた。

「女性……?」

「おいおい、どういうことだ？」

「太郎が？　いや、そんな馬鹿な」

ロビーは今、どんな顔をしているだろう。

冷や汗が止まらないし、確かめることもできない。

その代わりに、菊華は政宗を強く睨み据えた。

「あんた、滅茶苦茶に性格悪いな……」

「あぁ、そうですよね。いらぬ苦労も多かったでしょう。女性でありながら性別を偽り、過酷な労働に耐えてきたのですから」

政宗は、あえて菊華の性別を強調しているのではないだろうか。

だとしたら彼の目的が分からない。

「そこで提案なのですが——菊華、俺のところへ来ませんか？」

「……既にあんたのところで働いてるけど？」

「そういう意味ではなく。俺があなたを庇護《ひご》します。あなたはただ、何不自由のない生活を享受してください」

すこぶる美しい笑みを向けられながらも、自然と眉が寄っていた。

菊華は不信感を隠さず目を細める。

彼はあくまで善意の申し出、ということにしたいようだが……悪魔とは、巧みな嘘《うそ》で人間を籠絡するという。まさにそれだ。

かえって冷静になった頭で、滑稽な現状を顧みる。

ぼろぼろの服を着た痩せっぽちと、立派な風采の青年。

こうも見事に立場が逆転しているのだから、本当に皮肉なものだ。

「疑わしいでしょうが、どうか信じてください。俺はあの当時の出会いに、恩義を感じているんです。俺のところに来れば、決してあなたに苦労はさせませんから」

「勘弁しろよ。求婚じゃあるまいし――……」

「あぁ。それもいいですね」

「はぁ？」

薄ら寒い台詞に皮肉をこぼしていた菊華は、ぎょっとして彼を見返す。

今のは、聞き間違いだろうか。

政宗は先ほどまでと同じ、人を食ったような笑みで続けた。

「結婚しましょうか、俺達」

「……はぁぁぁぁぁぁっ!?」

聞けば聞くほど信じがたく、絶叫がほとばしった。

先ほどの逃げ道を塞ぐような言動は、幼い頃の仕返しということで説明もつく。

だが復讐《ふくしゅう》のため、手元に置く手段として、結婚という捨て身の戦法を選ぶ必要性は一切ない。この男がそこまで短絡的とも思えない。

——じゃあ本当に、恩義を感じて？　いや……まさかね。

菊華と結婚する利点など、後腐れがないことくらいしか思い付かない。

「いやいや、馬鹿なこと言ってんなよ。その提案、あんたが損するだけだろ」

「あなたには、ほんの少し社交の手伝いをしてもらいましょう。そうすれば、パートナー同伴必須の集まりに出席できるようになります」

「しょうもない。それが何不自由のない生活を与える見返りになるって？」

「なにぶん、地位も富も名誉もあり余っているもので」

嫌みに顔が引きつりそうになったが、政宗の真意が何であれ、今後も下働きを続けるのが難しいのは事実だ。

疑惑を植え付けられたからには、性別を明らかにするまで信用を取り戻すことはできない。そして菊華が女である以上、それは不可能だった。

かといって、すぐに働き口を見つけられるという保証もない。

先ほどは解雇を覚悟していたけれど、救済があればすがりたいのが人情というもの。

どれほど怪しい申し出でも、ここで頷《うなず》いておくのが得策だった。

「そう……分かった。引き受ける」

だが菊華とて、ただやられっぱなしでいるつもりはない。

損得勘定はもう済んだ。

彼の地位や富や名誉とやらを、こちらもせいぜい利用させてもらえばいい。

顔を上げた菊華はもう、いつものふてぶてしい笑みを浮かべていた。

「その代わり、契約解除の条件を作らせてもらう。贋物の妻として雇用するってことなら、期限が必要だろ？　あんたに良縁があった場合、すぐさま離婚となると外聞が悪いし、後々面倒になる。あらかじめどこで区切りをつけるか決めておいた方がいい」

提案した途端、ずっと胡散臭《うさんくさ》い雰囲気だった政宗が、口許《くちもと》を覆って笑いだした。

もはや甲板にいる誰もが青ざめているのに、なぜか彼だけは機嫌がよさそうだ。

「雇用……いいですね、あなたは本当に面白い。それでは、契約満了の条件は後日改めて協議することにしましょう。他に、望むことは？　何でも構いませんよ」

何でも、という言葉を額面通りに受け取ったら、足元をすくわれるに違いない。過酷な下働きという経験から、菊華は疑《うたぐ》り深《ぶか》さと慎重さを学んでいた。

理想の骨董店《こっとうてん》が脳裏をよぎるけれど、大きな交渉をするのは早計。

「……なら、あんたの伝手《つて》を使って、調べてほしいことがある。俺は、『一之宮華江《はるえ》』の消息が知りたい」

意表を突かれたのか、政宗は緩く目を瞬かせた。

『一之宮華江』が母の名であると、菊華の素性を調べたなら把握しているだろう。

母の現状を知るというのは、菊華のささやかな……けれど長年の願いでもあった。

キャンドルスタンドのようなものを舶来品として販売するため、『東堂貿易商會』は日本にも拠点を持っている。その伝手を使えば調査くらい容易《たやす》いはずだ。

菊華は笑顔で手を差し出した。

「そんじゃあよろしくな、期限付きの旦那様」

正直、どのような結婚生活が待ち受けているのかという不安はある。

彼が何を企《たくら》んでいるのか分からない以上、復讐という疑いも捨てきれない。

それでも、この危機を好機に変えてみせる。

政宗に気に入られれば、自分の骨董店を持つという野望も遠い夢じゃなくなるのだ。

「――はい。よろしくお願いします、菊華」

菊華と政宗は、互いに腹の読めぬ笑みを浮かべながら固く握手を交わした。

◇◆◇

そのまま政宗が暮らす邸宅《タウンハウス》に連れ帰られた菊華は、たったの一ヶ月で東堂菊華と名を改めることになっていた。

婚約期間というのは、結婚の準備のためにある。

トルソーと呼ばれる花嫁支度には、ウェディングドレスや結婚後の生活の場面に応じて着る衣装、下着類、ガウンや寝間着、装飾品なども含まれる。

結婚式にしか着ない白のウェディングドレスを用意できるのは裕福な資産家か上流階級のみで、経済的に余裕がなければ結婚後も着用できるよそ行きのドレスで代用するものなのに、政宗は恐ろしい迅速さで調達してみせた。これが貿易商の手腕だろうか。

他にも、二人で暮らす屋敷の家具やリネンの準備、結婚の許可を教会から得るなど、通常ならばもっと時間がかかるもの。

それが、たったの一ヶ月。

実家と縁を切っている菊華の準備は、邸宅に移り住むだけで済んでしまった。

ハイドパーク南のケンジントンは、最上級とまではいかないけれど、富裕層しか住めない街だ。ここに住居を持つというのは、日本人にはたいへんだっただろう。

建物自体は古いが趣がある。

上部が扇状のアーチとなった両開きの扉を囲う石材は、装飾が施され、そこから左右対称に赤レンガの壁が広がっていく。台形の出窓といい、クイーン・アン様式と思われる特徴がそこかしこに見られた。庭園も広々としている。

下働きをしていた頃より食事は格段においしいし、日中常に火が入っている暖炉のおかげで寒さも感じない。女の格好が久しぶりなので慣れないけれど、綺麗《きれい》なドレスまで身につけ、贅沢《ぜいたく》な暮らしではあるのだ。

難解な社交のエチケットを学ぶという苦行に耐えさえすれば、だが。

「無理……まだるっこしい……」

菊華は書き物机に行儀悪く突っ伏しながら、愚痴を漏らした。

社交期が本格的にはじまるのは五月のはじめ。

それまでは契約開始の準備期間として、マナーなどを徹底的に叩《たた》き込《こ》むつもりだったのだが……既に挫折しかけていた。

「ものすごい手間と労力……何で会いに行った相手が在宅しているのに会わないの？　訪問カードなんていらないわ。エチケットを守っていたら永遠に会えないわよ……」

中流階級向けに出版されている、貴族の生活を学ぶためのエチケット・ブック。

これで貴族女性の嗜《たしな》みや役割を勉強しても、庶民根性が抜けていないため理解が追いつかない。作法の全てを回りくどく感じてしまう。

利用するだけ利用して逃げようと思っていたのに、考えが甘かったかもしれない。政宗の隣で社交をする自分が想像できない。

――嫌でも、父が生きていた頃を思い出すわ……。

華族令嬢らしくあれと抑圧され続けた窮屈さ。

動きづらいドレスや、煩雑な作法。伸ばしている途中の髪も結い上げられて頭が痛い。日本にいた頃のように息が詰まって感じ、気が滅入《めい》る。

「……ん？」

ふと、菊華の鼻腔《びこう》を、紅茶の香りがくすぐった。

目を開けると、柔らかく微笑《ほほえ》む三十代後半頃の女性が、こちらを覗《のぞ》き込《こ》んでいた。

東堂家の女性使用人のリーダーである侍女長、花子《はなこ》だ。

リーダーといっても、邸宅の規模のわりに下級使用人であるハウスメイドは少ない。主人が東洋人なので働きたがる者が少ないらしく、彼女は多くの雑事を担っていた。

「菊華様。あまり根を詰めず、休憩にいたしませんか？」

花子は紅茶だけでなく、クッキーやピュイダムール——ジャムやクリームを詰めたパイまで用意していた。菊華が絶賛した黒すぐりのジャムが入っているようだ。

「ありがとう、花子さん。ちょうど甘いものが欲しかったの」

「菊華様は不思議な方ですね。礼儀作法はあっという間に吸収されましたのに、エチケットだけは苦手なのですもの」

菊華は、五年間の労働で華族令嬢らしさをすっかり失っていた。

光影の指導を受けていたおかげで会話や読み書きには困っていなかったが、それは労働階級での範疇《はんちゅう》のこと。言葉遣いも流麗な文字の書き方も、全て学び直していた。

花子に言われるだけあり、呑《の》み込《こ》みは早い方だろう。たった一ヶ月で言葉遣いや所作が矯正されつつあることに、過去の令嬢教育が活《い》きているのは事実。

早速テーブルに移動した菊華は、口をへの字に曲げた。

「マナーは、失礼のない振る舞いを覚えるということだから、まだ理解できるの。けれどエチケットは、貴族特有の儀礼的な決まりごとでしょう。形骸化されていることも多いし効率的じゃないから、どうしても無意味に感じてしまうのよね」

身につけた教養を束《つか》の間《ま》忘れることにして、菊華は八つ当たり気味にパイをかじる。黒すぐりの酸味と甘み、パイ生地にたっぷり使われたバターの風味が絶妙のバランスで、心が解《ほぐ》れていくようだ。

邸宅に来た当初は、花子のことも出される食事も、何もかも警戒していた。

けれどそれも長続きはしなかった。顔合わせをした時から彼女だけは、疑うのが馬鹿らしくなるほど友好的で、不平不満も親身になって聞いてくれたからだ。あと食事は我慢ができないほどおいしい。

しかし政宗は別だ。あの男は胡散臭い笑顔の裏で、絶対に何か企んでいる。

忙しいらしく、未《いま》だに偽装結婚の契約満了の条件を話し合えていないけれど、この待遇に油断せず身の安全を図っていきたい。

——まぁ、契約は契約だもの。パートナーとして社交の場に同伴するためにも、難解なエチケットも会得してみせるわ。

単純なもので、おいしいものを食べて少し前向きな気持ちになった。

菊華が微笑むと、花子も陽《ひ》だまりのような笑みで頷き返す。

「エチケットは、いうなれば互いを身内と認知するための手がかりです。高貴なる者なら当たり前に身についている風習で、内と外を判別する手段。作法をわきまえない者が侵入しようとすれば、たちまち弾《はじ》き出《だ》されるでしょう」

彼女の穏やかな語り口は、不思議とすんなり菊華の心に染み渡った。

理路整然と諭すのではなく、無意味なことではないとやんわり教え導く。

花子の詳しい経歴は聞いていないけれど、様々なことを学べる環境にあったのだろうと分かる。おそらく上流階級の出身だ。

パイを咀嚼《そしゃく》しながら考えている内に、花子は穏やかな笑みから一転、決然とした面持ちに変わっていた。

「――菊華様。今からでも遅くありません、やはり愛のない結婚などやめましょう」

ぶふぉっ。

下品にパイを噴き出してしまった。

花子はすかさずナプキンを差し出し、次いで水の入ったグラスを用意してくれる。むせてしまった菊華の背中を優しく撫《な》でてもくれる。

けれど、強い意志のみなぎる表情からは冗談の気配を感じ取れない。本気だ。

「ご、ごめんなさい、あまりに突然だったから……」

「政宗様が菊華様を連れて帰られた時から、ずっと気がかりでした。政宗様も菊華様も、まだお若いのに、ご自身の結婚をまるで取引のように……」

政宗は被雇用者達に対して、十分な説明をしなかったのだろうか。

菊華は慌てて花子に言いわけをした。

「そうはいっても、男装生活がいずれ破綻するのは私自身分かっていたし、利益があるから合意したわけだし。もし放り出されたって路上生活をするだけよ」

「ろ、路上生活……!!」

離縁されて何もかもを失う――というとものすごく悲惨に聞こえるが、菊華からすればこれまでの生活に戻るだけ。

最悪、殺されさえしなければいいと考えていたのだが、花子には衝撃だったようだ。

「そんなに心配しなくても大丈夫よ、花子さん。私はどこでも生きていけるから。それに肉体関係を強要されないから、本当にただ雇われたみたいなものよ」

「に、肉体関係……!!」

花子は悲鳴のような声を上げると、がっくり項垂《うなだ》れてしまった。

「そんな、身を切るような決断をなさって……菊華様がこれまでの人生で、どれほどご苦労をなさったのだろうと、想像するだけで私は……」

「えぇっ!? な、泣いてるんですか!?」

さめざめと涙を流す花子に、菊華はもうおろおろするしかない。

混沌《こんとん》としはじめたところで、呆《あき》れの籠もったため息が耳に届いた。

「――昼間から堂々と卑猥《ひわい》な発言をするとは、エチケット以前の問題だな」

扉口を振り返ると、そこには冷たい目をした男性が立っている。

辰巳《たつみ》という、政宗の秘書を務める彼は、最初から親切にしてくれた花子とは対照的に、常に菊華に厳しい。というより、こちらを毛嫌いしているようだった。

「花子さん、その小娘を甘やかそうとしないでください。上流階級の英語も作法も今のような最低限の仕上がりでは、社交期が開けるまでに間に合いませんから」

必要事項しか喋《しゃべ》らない素っ気ない性格なのに、菊華を罵る時だけはやけに饒舌《じょうぜつ》になる。三十歳手前くらいに見えるが、ずいぶん大人げない大人だ。

「そうかしら？　これでも少しはましになった方だと思うけど」

「どこが。貴様など、猿に毛が生えたようなものではないか」

「猿には元々毛が生えているじゃない。そもそも私の発言が卑猥かどうかはともかく、エチケットの話題の時から辰巳さんが立ち聞きしていたことは、動かしがたい事実よね」

礼儀のなっていない人間に、エチケットについてとやかく言われたくない。

冷めた目で言い返すと、辰巳はぐっと押し黙った。

これくらいで反論できないようでは、彼の攻撃もまだまだだ。

つまらない悪意など返り討ちにしてしまえるので、菊華はいびりなど気にしていなかった。むしろ彼の弁舌の成長を見守っている節もあるので、いい息抜きといえる。

「や、やはり私は反対だ。貴様には、度胸と物覚えのよさしかない。政宗様にはもっと相応《ふさわ》しい方がいるはずなのに、なぜこんな猿が……」

度胸と物覚えのよさは認めているらしい。

菊華を敵視しているのも己が仕える政宗のためだし、こういうところがあるから辰巳を嫌いになれないのだと思う。

――確かに私も、何で選ばれたのか疑問だしね。

よからぬ企《たくら》みがあるにしても、高待遇すぎるのだ。

そもそもあの容姿ならば、どのような階級の女性だろうと虜《とりこ》にできそうなもの。それなら労働者として生きてきた菊華より、上流階級の女性との結婚を選んだ方が利点もある。手っ取り早く社交界の仲間入りを果たすことだってできたはずなのに。

政宗の真意は、菊華にとっても謎だった。

「というか、辰巳さん。嫌みを言うためにわざわざ会いに来てくれたのね」

「誰が貴様などに」

わざと嫌がりそうな言い方をしたら、案の定彼は渋い顔になった。

「私は政宗様のお言葉を伝えに来ただけだ。外出を許可する――とのことだ」

うまく用件を聞きだされたことにも気付かず、辰巳はさっさと去っていく。

その背中を見送ると、菊華は大口を開け、パイの最後の一欠片《ひとかけら》を放り込んだ。

「よし」

気合を入れて立ち上がり、目を白黒させている花子に視線を移す。

「外出の支度をするわ。花子さん、お願いできる？」


港の潮風にあおられるケープを直しながら、顔を上げる。

視線の先には頬を染めた、黒髪に浅黒い肌の少年。

ぽかんと口を開けて間抜け面をさらしていた彼に、菊華は口を開いた。

「よぉ」

その途端、少年――ロビーは、肩に担いでいた荷を取り落とした。

「あっ、こらロビー馬鹿野郎！　くれぐれも荷は大切に扱えって何度も……！」

つい以前のように口調を乱してしまった菊華は、慌てて口を押さえる。

ロビーは荷物など見向きもせず、未だに呆然《ぼうぜん》としていた。

菊華は、相手に気付かれないくらいのほんの僅かだけ、躊躇《ためら》った。けれどそんな素振りさえ一瞬で消し去ると、何気ない調子で彼に歩み寄る。

「……どうしてるか気になってな。顔見に来てやったぜ」

迷った末に、あえて以前のように語りかける。

最近はボンネットよりハットが主流らしいが、今は肩下までの髪を巧妙に隠せるボンネットの方が都合がいい。秋だったのが幸いして、日焼けもほとんどしていなかった。

すっかり変わった姿で彼に会いに来るのは、勇気がいった。

あの船上で偽装結婚が成立した時も、結局最後までロビーと目を合わせることができなかった。菊華はこの明るい馬鹿を、ずっと騙《だま》し続《つづ》けていたから。

「……太郎」

「おう。ロビー、俺が口を開くまで普通に見惚《みと》れてやがっただろ？　頭は回るのに、本当に目利きの才能はないよな」

「お前……本当に女だったんだな」

「まだ口を開けばこんなもんだけどな。だから言っただろ？　見た目なんていくらでも誤魔化せるんだから、今後は変な女に騙されるんじゃねぇぞ」

ロビーが顔を上げないから、菊華はいつもより多く軽口を叩《たた》いてしまう。

覚悟を決めてここに来た。

それなのに、真《ま》っ直《す》ぐ見つめても視線が合わない。

「なぁ、ロビー……」

途方に暮れた呼びかけは、思ったより弱々しい声になった。

すると、ロビーがようやく顔を上げる。

「……フンッ。変な女の代表が、お前だろーが。既に騙されてたし」

下手くそな笑みを向けられ、菊華もくしゃりと顔を歪《ゆが》める。

もう、元の関係には戻れないだろう。

けれど彼は、わだかまりを水に流してくれた。やり直す機会をくれた。

きっとここから新たな絆《きずな》を結ぶことができる。菊華は少しだけ、ここ一ヶ月の胸のつかえがとれた気がした。

気を利かせた光影が休憩をくれたので、二人は色々話した。

今の状況や、優しくしてくれる花子の存在。彼の方も、まだ他の連中には顔を出さない方がいいと忠告をくれた。同僚達の間では菊華の衝撃が冷めやらぬ状態だから、おそらくドレスを着ていても揉《も》みくちゃにされるだろうと。

「揉みくちゃって何だよ。高いんだぞ、今着てるやつ」

「だからだよ。高級な生地なら一度は触ってみてぇし、あわよくば切れ端を売れる」

「切るなよ売るなよ」

しばらくげらげらと笑い合ったあと、ロビーが不意に真剣な横顔を見せた。

「……俺の母ちゃん、ロマの民なんだ。子どもの頃はどっかに定住することもなくて、母ちゃんが死んでからは……泥ひばり《マッドラーク》で命を繋《つな》いだ」

菊華は言葉に詰まった。

泥ひばり。決して綺麗《きれい》とは言えないテムズ川を漁《あさ》って、小銭を稼ぐ者達の総称だ。波止場や船着き場で、はしけ舟から落ちた石炭の欠片や布の切れ端、船から投げ捨てられた屑鉄《くずてつ》や銅などを集めて取引をする。潮の満ち引きに振り回され、汚物にまみれ、怪我《けが》や病気、警察による嫌がらせにも悩まされるのだ。

貧しい者の中でも最下層の泥ひばり。その多くが身寄りのない子どもだという。

「拾った鉄を安く買い叩かれて、口答えしたら滅茶苦茶《めちゃくちゃ》に殴られてさ……そこを助けてくれたのが、会頭だった。ほら、あの人って日本人びいきじゃん？　たぶん、俺が黒髪だからたまたま目に留まったんだろうけど」

ロビーは、菊華に直向《ひたむ》きな眼差《まなざ》しを向けた。

「会頭は、あのくそったれな生活から救ってくれただけじゃなく、俺を雇ってもくれた。あの人にはすげぇ感謝してる。恩もある。けど……お前が嫌なら、一緒に逃げるぞ」

真剣で嘘《うそ》のない――彼らしい誠実な思い遣《おもや》り。

胸が震えた。ロビーの友人でよかったと、勇気を出して会いに来てよかったと、心から思う。この打算のなさが何度も救ってくれたのだ。

「ありがとう。でも……俺は逃げたくない」

ロビーを正面から見返し、菊華はしっかりと首を振った。

これまでは、政宗との偽装結婚さえ手段としか捉えていなかった。彼が持つ財力も伝手《つて》も利用すればいいだけだと。

けれどロビーの話を聞いて、少しだけ気持ちが変わった。

狡知《こうち》に長《た》け、腹の底が読めない政宗の、新たな一面。

ロビーのように真摯に向き合えば、彼がなぜ菊華を選んだのかも分かるだろうか。

決意を新たにしていると、隣から気の抜けた声が上がった。

「はーあ。そんじゃあ俺も、頑張ってみるかな。骨董《こっとう》なんて全然分かんねぇけど」

ロビーの台詞《せりふ》に込められた意味に気付き、菊華はにやりと笑った。

一番の仲間はやはり彼しかいない。

「散々勉強から逃げたつけが回って来たな。せいぜい、おじいにしごいてもらえ」

「お前さぁ……もうちょっと優しく励ましてくれよ……」

がっくりと肩を落としつつ、ロビーはこぶしを上げた。

菊華もこぶしを作り、互いに軽く当てる。

長年苦楽を共にしてきた仲間同士、それ以上の言葉は必要なかった。


正直、政宗がいい人だというロビーの証言は半信半疑だ。

何を企んでいるのか疑わしい人間の、どこに善性があるのかと思う。何時間でも鑑賞できそうな容姿すら胡散臭《うさんくさ》い。

けれど、見た目に惑わされてはならない。

「それが骨董を扱う上で、私が学んだことだから」

菊華のきっぱりとした宣言に、政宗が目を瞬かせる。

港から帰ると、まだ明るい時間にもかかわらず政宗が帰宅していた。

話があることを辰巳に伝えてもらい、すぐに彼の執務室に通された。そうして現在に至るわけなのだが、ソファでくつろぐ政宗はまだ不思議そうにしている。

「話というのは……つまり、骨董談義でしょうか？」

「いいえ。まだ私達、契約満了の条件について話し合っていなかったでしょう？」

「なるほど。確かにそれは、きちんと話し合う必要がありますね」

彼は脚を組み替え、感情を悟らせない貴族的な微笑《ほほえ》みを浮かべる。

何をしても絵になる男だ。

その上、二十三歳にして大成功を収めた実業家でもある。

『東堂貿易商會』は元々日本で興した会社で、軌道に乗ってから大英帝国に本拠地を移したのだと聞く。持たざる者のひがみ根性で、つい嫌みの一つも返したくなる。

そう。政宗は、どの階級の人間にとっても魅力的な男性だ。

この国の貴族社会では、商売をする者は紳士じゃないと見下される傾向にあるが、昨今は事業を立ち上げる貴族もいる。成功した実業家でもある政宗が、そういったところから繋がりを広げていくのは難しいことじゃない。

そのため、社交界で名を売るために活動しているという彼を、上流階級の女性だって放っておかないだろうと思ったのだ。だからなぜ菊華と結婚したのかが不明だった。

だが、それこそが政宗の策略だとしたら？

「――ねぇ。私と取引しない？」

菊華が不敵な笑みで身を乗り出すと、彼は先を促すように首を傾けた。

それがまた洗練されていて、脊髄反射で喧嘩腰《けんかごし》になりかけたが、菊華は慌てて首を振り思いとどまる。ここまでくると、もはや前世の因縁でもあるのかもしれない。

気を取り直して、再び政宗に視線を向ける。

「あんたは最近、女性関係で困っていた。善意だとか言い繕っていたけど、本当は自分の駒として動く、都合のいい女除《おんなよ》けが欲しかったんじゃない？」

核心を突いた問いにも、彼の表情は動かない。さすが、一から商売をはじめて成り上がっただけある。

「昨今の英国社会も、あんたみたいに成功した、高層中流階級が台頭してきているわ。エチケットに縛られている上流階級より、こういった層に属する令嬢達の方が厄介かもしれないわね。職場でも出先でも、偶然を装って突撃ができるもの」

たとえば、あの日見かけた屋根なし馬車の令嬢達。

もしかしたら彼女達は、政宗の目に留まるため、十一月なのに屋根なしの馬車に乗っていたのではないだろうか。社交期《シーズン》でもないのに、貿易船しかないような港で。

菊華のためを思っての偽装結婚だと強調していたけれど、彼にも明確な目的があった。

そこに、取引の余地がある。

「本来なら、あんたは貴族令嬢と結婚するのが一番有益よね。けれど社交界は複雑怪奇。焦って誰か一人を選べば、多方にいらぬ軋轢《あつれき》を生む可能性がある。となると……偽りの妻を仕立てるのも、穏便な解決方法と言えるでしょうね」

手っ取り早い手段だが、政宗の場合は相手選びで苦戦する。

この美貌を間近にして、よろめかない者は希少だろう。その上、妻という肩書きまで付くのだから、あわよくば名実共にと考えてしまいそうだ。

その点、彼に鑑賞物としての魅力しか感じていない菊華ならば安心だ。日本国出身というのも、経歴や馴れ初《な》《そ》めを詮索されづらいため都合がいい。

政宗は今や、菊華が展開する持論に聞き入っていた。

機嫌よさそうに笑みを深め、楽しげにさえしている。これからどんな言葉が飛び出すのか、期待し待ち構えているようだった。

「あんたの周囲が落ち着くまでは、私が女除けになる。そしてあんたを完璧に補佐して、社交界の最上位まで押し上げてみせるわ。それが契約満了の条件」

「つまり、王族や公爵といった高みに食い込むつもりですか。大きく出ましたね」

「悪くないでしょう？　その代わり、私を『東堂骨董店』で働かせて」

菊華の要求を聞くと、彼はたまらないとばかりに忍び笑いを漏らした。

「それが取引、ですか。俺側の利を提示できた点は優秀ですが、あなたを妻にした時点で女除けに関しては解決しています。成り立たない取引などただの下策ですね」

「そうとも言い切れないいんじゃない？　既婚者であっても火遊びを楽しむのが、社交界の暗黙の了解。結婚しただけであんたに言い寄る人間が完全に消えるとは思えないわ」

「弱いですね。そもそも、社交界の最上位まで押し上げるなど、実現できるかも怪しい」

「そのために骨董店で働くのよ。確かに私は、これまで上流階級とほとんど接触してこなかった。社交界で盤石な地位を築くなら、あんたが恥をかかなくて済むように実践的な練習が必要よ。週に一度店を手伝うだけでも、十分な勉強になると思うの」

「あなたは元々華族令嬢です。練習などいらないのでは？」

「いるわ。それに、流行の把握だってした方がいいもの」

「骨董店で、ですか？　それなら、百貨店を見て回った方が早いでしょうね」

ああ言えばこう言う。

余裕の笑みで腕を組む政宗に対し、菊華の苛立《いらだ》ちは頂点に達した。

「～あぁ、もうっ！　こっちだって真摯に向き合って取引しようとしてるんだから、いちいち正論振りかざさないでよ！」

「取引と言っている時点で、あまり真摯という言葉もそぐわないですが」

口はうまい方だと自負していたのに、持ち前の舌鋒《ぜっぽう》がまるで役に立たない。

それなら、熱意で押し切るしかないではないか。

菊華は息を整え、静かに口を開いた。

「私は……いつか、自分の店を持つのが夢なの」

自分が心からいいと思ったものだけを集めた、理想の骨董店。美しくも賑《にぎ》やかな骨董品に囲まれて働くという、長年の夢を実現したい。

そして、宝物だった骨董品達を再びこの手にするのだ。

そのために『東堂骨董店』で働きたかった。知識ももちろん大切だが、実地に勝る経験はない。まずは光影の下で働き、さらに修業をさせてもらう。

『東堂骨董店』で働かせてほしい。あんたに有能さを見せつけて、認められるために」

そこで、初めて政宗の余裕が崩れた。

なぜか彼は意外そうに目を丸くしている。

「……俺に、認められるため？　そんな回りくどいことをしなくても、あなたが望むならいくらでも店を与えますよ？」

心底分からないといった様子の政宗を、菊華は鼻で笑った。

「与えられたもので自分の夢を叶《かな》えるんじゃ、つまらないでしょう？」

確かに店舗を一つ増やすくらい、彼には難しいことじゃないだろう。

けれどそれは、愛らしく媚《こ》びて得る報酬と何が違う。

割り切って生業《なりわい》とするならそれもいい。

だが菊華は、もののように扱われる耐えがたさから家を捨てたのだ。ここで政宗の誘惑に乗れば、金と権力で屈服させる最低なやり方を、受け入れたことになってしまう。

それだけは、絶対自分に許したくなかった。

政宗とは対等な取引がしたいのだ。

菊華は大胆にもテーブルに膝をつき、身を乗り出した。

「私はね、自分の有益性を認めさせた上であんたに出資してもらいたいの。あんたの方から『俺に援助をさせてください』と頼み込ませて、頭を下げさせてやるわ」

愛を囁《ささや》き合《あ》うような距離での宣戦布告。

まるで戦いでも挑むかのごとき眼差《まなざ》しに、令嬢らしさなど欠片《かけら》もない。

途端、政宗が噴き出した。

無防備な姿を見られたくないのか、苦しそうに肩を震わせながらも、視線を避けるように顔を逸《そ》らす。そうすると、彼の邪悪さが和らぐから不思議だった。

菊華は座り直しながらも、最底辺の暮らしからロビーを救ってくれたのだという、政宗の話を思い出していた。

「あぁ――面白い。人にものを頼む態度もふてぶてしくて、実にいいですね」

「嫌み？　間違ってはないけど腹立つわね」

やはり脊髄反射で返すと、彼は怪しい笑みに戻っていた。

「では、あなたの有能さとやらを見せつけてもらいましょうか」

政宗はテーブルに、一通の手紙を置いた。

シンプルな白い封筒には彼の名が流麗に躍っている。

「絨毯《じゅうたん》や陶磁器を扱う商人でもあるアーバスノット子爵から届いた、演奏会への招待状です。場所は子爵の邸宅《タウンハウス》、開催は二月とのことです」

菊華は、手紙に伸ばしかけていた手を止めた。

「二月？　あと二ヶ月しかないじゃない」

「えぇ。しかもご丁寧なことに、奥様もぜひご一緒にとありました」

社交期が本格的にはじまる五月ではなく、二月。

議会が開かれる二月くらいから、王都の高級住宅街は賑わいだす。アーバスノット子爵はそれに合わせて社交をはじめるつもりらしい。

つまり、まだ余裕はあるという楽観的予測が外れてしまったことになる。

「五月からの予定で組んでいた学習計画を、半分以下の日数で消化しろってわけ……？」

「各種ドレスやそれに合わせた装飾品も、完成を急がせねばなりませんね。面倒でも高い金を払って『特別結婚許可証』を取得したのに、一体どこから情報が漏れたのやら」

億劫《おっくう》そうにため息をつく政宗を、菊華は半眼で眺める。

英国国教会の頂点であるカンタベリー大主教に願い出なければ得られない『特別結婚許可証』は、とんでもなく高額だ。

庶民なら地元教会で名前を読み上げる『結婚予告』という安上がりな手段をとるが、これから本格的に社交界へ進出する予定の彼は『許可証』を一足飛びに越え、『特別結婚許可証』を取得する方法を選択した。

一銭も出さないこちらに止める権利はないけれど、下働き時代の年収に近い出費。金の使い方まで心臓に悪い男だし、一瞬で飛び立っていった金額を菊華は決して忘れない。

それはそれとして、『結婚予告』で名前が発表されたわけでもないのに、なぜ結婚したことが知られているのか——という政宗の疑問。これに関しては想像に容易《たやす》い。

女性関係に困っていたということは、政宗は現在の社交界において注目の存在。そんな彼が結婚したというなら、当然話題にもなるはずだった。

「意外と客観的に見えていないのね……腹黒で恐ろしく心臓に悪い男なのに……」

「なぜ俺は急に嫌みをぶつけられたのでしょうか？」

政宗の問いを颯爽《さっそう》と無視し、菊華は懸念を伝えた。

「そもそも、私は招待を受けていいものなの？　女王陛下への拝謁を済ませないと、英国の社交界はデビューできないんでしょう？」

良家の令嬢であれば十七歳頃、裾の長い純白のドレスと白い羽毛の髪飾りという特別な衣装をまとい、バッキンガム宮殿にて女王か王太子夫妻に紹介される。彼らに深い辞儀を披露することで、晴れて社交界デビューとみなされるのだ。

最近では上層中流階級なども王宮拝謁の栄誉が許されているが、実質的な小売業に関わっている者が父や夫であれば、基準から弾《はじ》かれてしまうという厳しい話も聞く。

「問題ありませんよ。貴族の令嬢達も、社交界デビュー前から少しずつ身近なパーティなどで慣らしていくといいますし」

「貴族の令嬢じゃないから心配しているのよ」

「構いません。理由なんてどうとでも捏造《ねつぞう》できますから」

そういうところが怖いのだと、もう指摘するのも疲れた。

「……だから、その辺りを詳しく説明してって言っているの。一応夫婦として出席するなら、話を合わせる必要があるじゃない」

「あなたは堅苦しく考えず、ただ楽しんでいればいいですよ。招かれたといってもあちらの意図は明確。おそらく俺は――面白い見世物の一環、ですから」

何の変哲もない演奏会への招待のはずが、急に不穏な雲行きになってきた。

「見世物って、どういうことよ？　もちろん、そのアーバスノット子爵とやらは、面識があるんでしょう？」

「はい。ですが、だからといって簡単な話ではありません。出る杭《くい》は打たれる。それがこの国の人間じゃないなら、なおのこと」

演奏会や舞踏会は『家庭招待会』に分類され、正餐会《せいさんかい》に比べればカジュアルな集まりとなる。客人を招いて私的なコンサートを開くのが演奏会で、国内外の王室や要人、知名度の高い演奏家などの出席は大きな目玉となる。

報酬を払ってプロのエンターティナーを招くことも、当たり前に行われている。

百貨店の商品カタログにもパーティに呼ぶことのできる歌手やコメディアン、ミュージシャンやピエロに占い師、果ては芸をする犬や猫まで掲載されているのだ。

菊華はそこまで考え、腑《ふ》に落ちた気がした。

つまり政宗は、東洋人の実業家もそれなりの目玉になると考えているのだ。だから自分のことを面白い見世物だと称した。

国際社会における日本国の立ち位置は、それほど高くない。

実際に見世物として扱われることはないだろうが、貴族社会というのは想像以上に外部に手厳しい。同格になれたと勘違いし、喜び勇んで行ったところで、痛い目を見ることは間違いなかった。

商売をしていても相手は貴族。むしろ商売人でもある分、アーバスノット子爵は油断ならない人物なのだろう。

――まぁ、東洋人を笑いものにするっていうより、この芸術的な美しさを目玉にしたいっていう方が正解だと思うけど……。

既に彼の存在が社交界を席巻《せっけん》しているとすれば、話題性を狙っての招待で間違いない。

政宗は己の美貌を理解し、また巧みに利用してもいるけれど、あまり頓着していない節がある。その価値に重きを置いていないというか。

まだ菊華の方が、今回の招待を客観的に捉えられているだろう。

この場合、悪い意味で注目を浴びることになるのは……麗しい青年実業家の妻として、初めて公式の場に姿を現す菊華だ。

窮屈な空間で値踏みをされ続け、上品な当てこすりを受け続け、疲弊する未来しか見えない。今から目眩《めまい》がしそうだった。

政宗が招待を受けると決めているなら、それだけ繋《つな》がりを断つには惜しい相手なのだろう。腹の探り合いばかりして得られるのが社会的地位だけなんて、わりに合わないが。

「はぁ……嫌すぎるけど、全力で私の有能さを見せつけるいい機会と思うことにするわ。

半歩後ろに控えて綺麗《きれい》に微笑《ほほえ》んでいてあげるから、安心して——……」

「いいえ」

図らずも、強い否定が返ってきた。

真《ま》っ直《す》ぐな眼差しを向けられ、菊華は吸い込まれるように彼を見つめる。

「ドレスですましていようと、男の格好をしていようと、あなたの本質は変わらない。俺が求めているのはそれです。あなたはあなたの思うまま、自由に行動してください」

政宗の隣に相応《ふさわ》しい理想の妻。

菊華は、父が強要していた通りに演じればいいと思っていた。

常に綺麗な微笑みをたたえ、負の感情は決して面に出さず、品行方正であれ。たおやかに、慎み深く、奥ゆかしくあれ。

それが褒められる振る舞い。望まれる妻としての役割。

そう、思っていたのに。

「……じゃあ、どうするの？　相手の警戒を解くためには、犬や猫みたいに、愛想をまくしかないんじゃないの？」

「百貨店のカタログには、歌手や占い師も載っています。言い換えれば、技能は売りものになるということ。俺達も、犬や猫のように大人しくしている必要はありませんね」

菊華は思わず噴き出してしまった。

何という強《したた》かさ。

なるほど。確かに、アーバスノット子爵が望む意図で動く必要はない。会場に入ったらあとは何をしようとこちらの勝手だ。

見世物として以上の存在感を発揮できるなら、招待に応じる価値もある。

これまで菊華は、従順なふりをしつつ、彼を最低な人間だと決めつけていた。頭ごなしに押さえつけようとする、父や叔父達の同類だと。

けれど、もしかしたら政宗は違うのかもしれない。

権力者はみんな同じだと一括《ひとくく》りにするのではなく、ありのままの彼を知っていく。それが、本当の意味で真摯に向き合うということ。

完璧で役に立つ妻ではなく、政宗がありのままの菊華を望んでくれたように。

菊華は、ソファに背中を預ける政宗を見つめ——口端を上げた。

相手にとって不足なし。

彼だからこそ認められたいと、初めて思った。

「それなら、こういうのはどうかしら?」

菊華が口にしたのは、演奏会当日の提案。

話が進むごとに政宗の笑みは深くなっていく。

「素晴らしい……俺の妻は、可愛《かわい》い上に強くて賢い、ということですね」

「は？　白々しいにもほどがあるわよ」

一拍置いて、二人は不敵に笑い合う。

それからすぐに真剣な表情へと切り替え、作戦を練りはじめた。

◇◆◇

夜会に相応しい装いというのも、それなりに決まりがある。

着用するのは肩を露出させたフル・ドレスか、五分から七分の袖で腕と肩を部分的に覆うデミ・トワレット。ダイヤモンドやルビーなど、昼間は禁じられている透明な宝石で自身を飾るのも、招待主に対する礼儀とされている。

そういった英国貴族のエチケットを、ぶち壊す。

年も明け、二月。アーバスノット子爵主催の演奏会当日。

会場入りした菊華と政宗に、驚くほど多くの視線が集まっている。

度肝を抜いたのは、揃《そろ》って和装で登場したからだ。

政宗が着ているのは黒羽二重五つ紋付《くろはぶたえいつつもんつき》。正絹の黒紋付と着物、灰色の縞柄《しまがら》が入った仙台平《せんだいひら》の袴《はかま》。最近は日本国でも西洋のブラックフォーマルという概念が取り入れられ、黒地のものが格式高いと考えられるようになってきた。演奏会に相応しい第一礼装だ。

菊華の留袖も地色は黒。縮緬《ちりめんじ》地で、友禅染《ゆうぜんぞめ》と刺繍《ししゅう》を併用している。裾に大輪の牡丹《ぼたん》と唐草、鶴の絵羽模様が染め抜かれているため、決して地味になりすぎない。二重太鼓《にじゅうたいこ》で結んだ金地の丸帯は緞子《どんす》で、全面に松竹梅の文様が施されている。帯揚げは白地綸子《しろじりんず》、帯締めも白。既婚者が結う丸髷《まるまげ》には、黒べっ甲に金蒔絵《きんまきえ》があしらわれた簪《かんざし》。

和装は、菊華の提案で実現したもの。

どうせ色眼鏡で見られるのなら派手にぶちかます。

菊華がことごとく既婚者の装いをしているのは、秋波を送る令嬢達への牽制《けんせい》だ。日本の約束ごとなので伝わらないだろうが、それで構わない。

政宗が通り過ぎるのを、彼女達は呆然《ぼうぜん》と見送っている。

菊華は内心、してやったりとほくそ笑んだ。紋付袴の政宗にドレスで並び立つのは難しいと考えたのだが、案の定だ。

道化のように衆目にさらされ、されども心は高く。

菊華達は悠然と会場を進み、主催者であるアーバスノット子爵の前に立った。

「これはこれは、日本人形のようで見事な組み合わせではないか」

アーバスノット子爵は、穏やかそうな高齢の紳士だった。見世物扱いの招待状を送るようにはとても見えない。

「本日はお招きいただきありがとうございます、マイ・ロード」

「堅苦しい挨拶は抜きでいい。それで、そちらが噂《うわさ》の君の妻かね？」

こちらを向いた瞳が鋭く光った気がして、菊華も油断なく微笑んで迎え撃つ。

「東堂菊華と申します。このように素敵な会にお招きいただき、光栄にございます」

英国式のカーテシーは難しいため、日本流の辞儀をする。緊張していなかったおかげで淀《よど》みなく純正英語を発音できた。

「誰がこの美しい青年の心を射止めるのかと、みな興味津々であったが。故国にこれほど愛らしい女性を隠しておったとは、君も隅に置けないな」

「はい、恥ずかしながら一目惚《ひとめぼ》れでした。商売をはじめたばかりの頃、彼女の父親に目をかけていただき、結婚を勧められたのです。英国で成功するまではという思いでしたが、やむを得ない事情で急がねばならなくなり……ですが、こうして無事に結婚することができたので、晴れて子爵にもご紹介できます」

政宗は朗らかに笑うと、菊華の腰を親密な仕草で抱き寄せた。

「彼女と出会えたことは、私にとって無上の幸福です」

とろけるような笑みと甘い言葉を向けられ、菊華の思考が停止する。

その間にも政宗いわく、やむを得ない事情とやらが、まことしやかに語られていく。

菊華の生家は広い領地をもつ由緒ある華族。だが、昨年発生した地震による被害が深刻で、復興には相当な時間を要するというものだ。

津波によって領地一帯が浸水。内陸地にあった菊華の実家も例外ではなく、命だけは助かったものの、一家は住むところを失ってしまった。困った菊華の両親は、英国にいる政宗を頼ることにした。まだ花嫁修業の途中ではあるものの、急遽《きゅうきょ》予定を前倒しにして、娘と結婚してくれないかと。

「親戚の家で肩身の狭い思いをさせるのも心苦しいということでしたので、それならばと一も二もなく頷《うなず》きました。私にとっても大切な人ですから」

彼が並べ立てる嘘《うそ》が、耳を素通りしていく。

広い所領を持つ由緒ある華族って何だ。

前身が大名家だったりする旧華族と違って神職の家系だし、華族の仲間入りをしてからまだ十年ほどだし、何なら既に没落しているかもしれないし。

一目惚れという設定も聞いていない。

「実を言うと、事業のためやむなく故国を離れておりましたが、その間も気が気ではなかったのですよ。彼女はこの通り魅力的なので、誰かに奪われやしないかと」

『どの口が……』

微笑みはかろうじて維持していたが、思わず日本語で毒づいてしまった。どうせ調べる手立てがないからと、好き勝手に設定を盛りすぎなのだ。

子爵の後ろには、アーバスノット子爵夫人と年若い令嬢が控えていた。顔立ちが夫人によく似ているので、彼らの娘に違いない。

夫人とも如才なく挨拶を済ませると、令嬢は可憐《かれん》に微笑んだ。

「初めまして、娘のセシリアです。仲よくしていただけると嬉《うれ》しいわ」

セシリアの挨拶は菊華へ向けられたものだが、彼女は明らかに政宗を気にしていた。

既婚者であっても突撃を受けるとは、予想に違わぬ人気ぶりだ。この場合の『仲よく』という言葉は、信用しない方がいいだろう。

「菊華さん、とても素敵なお召し物だわ。わたくしでは、到底あなたのように着こなせないでしょうね。ただ、黒は英国で、喪に服している女性が身につける色だけれど……」

彼女が懸念の素振りを見せたのは、菊華の和装について。

英国の流儀を知らなかったのだろうという、善意に見せかけた回りくどい悪意。東洋人に対する蔑みもうっすら透けて見えるし、忠告の体で攻撃する上品さには恐れ入る。

菊華の代わりに横から口を挟んだのは、政宗だった。

「存じております。ただ彼女は、津波の折に叔父を亡くしているのですよ。まだ傷も癒えていないので、どうかあまり触れないでいただければと思います」

何やら勝手に叔父まで殺された。しかも憂い顔を作ってはいるものの、どこか楽しそうなのはなぜだ。叔父に何か恨みでもあるのか。

「まぁ、そうだったのですね。わたくしとしたことが、差し出がましいことを……」

セシリアも神妙な態度で相槌《あいづち》を打っている。

菊華は見えない角度で政宗の袖を引いた。

彼が相手をすればセシリアを喜ばせるだけ。このまま相手の思惑通りに話が盛り上がっても業腹なので、ここは菊華が対応する。

「政宗様ったら、本当に過保護なのですから。お気持ちは嬉しいですが、このように守られ続けていては、英国での友人作りもままなりませんわ」

愛し合う二人の戯れのごとき拗《す》ねごとを漏らすと、菊華はセシリアに笑みを向けた。

「これは、女王陛下への敬慕から選んだ色でもあります。愛情深く素晴らしい君主を戴《いただ》けて、王国の民はどれほど誇らしいことでしょうか。羨ましい限りです」

在位中の女王は、夫が亡くなり三十年以上経《た》った今でも喪服に身を包んでいる。最愛の夫をしのび、敬意を払い続けているのだ。

女王を敬愛する英国民なら、これ以上黒を嘲笑《あざわら》うことはできない。菊華の装いについて論ずることはできなくなったというわけだ。

「女王陛下の永遠の愛は憧れでもあります。私も政宗様と、そのように関係を深めていければよいのですが……」

頬を染め、恥じらいつつ政宗に視線を送る。

彼の方も心得たとばかり、菊華の肩をそっと抱いた。見た目だけなら仲睦《なかむつ》まじい新婚夫婦のできあがりだ。公の場だからと、適度な距離を保つ点もまた好ましい。

アーバスノット子爵夫妻が微笑《ほほえ》ましげに頷いている。

セシリアも笑顔だが、若干口角が引きつっているのは気のせいじゃないはずだ。女除《おんなよ》け初戦としてはまずまずだろう。

主催者への挨拶を終えると、多くの者が菊華達に声をかけてきた。

芸術的な友禅染の着物や、織りの豪奢《ごうしゃ》な丸帯。簪や、政宗が帯に挿してぶら下げている根付。どれも英国ではまだ珍しく、蒐集品《しゅうしゅうひん》としての価値が高い。

菊華は社交をこなしながらも、さりげなく商売にも明け暮れた。

「はい、『東堂骨董店《こっとうてん》』では根付も販売しているそうです。他にも薩摩焼《さつまやき》や柿右衛門《かきえもん》などの取り扱いもあるということですので、詳しくは政宗様にお尋ねください」

特に根付は蒐集家達の心をくすぐるらしく、問い合わせが多い。政宗も令嬢ではなく紳士達に取り囲まれ、対応に追われているようだった。

すると菊華の下に、セシリアとはまた別の令嬢が近付いてきた。

モーヴのイヴニング・ドレスが凜《りん》とした印象の、美しい令嬢だ。燦然《さんぜん》と輝くシャンデリアが彼女の金髪を引き立て、明るい茶色の瞳に琥珀《こはく》のようなきらめきを与えている。

シルクの長手袋に、ダイヤモンドを連ねた十字架のネックレス、ガーネットのピアス。

家格の高い令嬢だと分かる。

その中でも一際目を惹《ひ》いたのは、鳩《はと》をモチーフにしたブローチだった。

花や渦巻き模様で立体感を表現した繊細な金細工で、翼や体の部分にはエメラルドとダイヤモンド、瞳にだけアクセントとしてガーネットを用いている。

まじまじとブローチを眺める菊華に、令嬢は小さく鼻を鳴らした。

「あなたのように慎みを知らない方は、政宗様に相応《ふさわ》しくないのでは？」

真っ向から嫌みを言われ、菊華は目を瞬かせた。

挨拶回りをする間も、婉曲《えんきょく》な皮肉を言ってくる者は複数名いた。誰もが政宗の妻という存在そのものが気に入らないようなので、徹底的に仲のよさを見せつけて返り討ちにしてやったが、真正面から敵意をぶつけてきたのは彼女が初めてだ。

「そうは申されましても、親が決めた結婚ですし、何より彼は成功しているとはいえ平民出身です。相応しくない、というのは何を指してのお言葉ですか？」

新鮮に驚いてしまったので、こちらもつい婉曲な言い回しを忘れた。

まずいと思ったけれど、令嬢は気にしていないようだった。

「当てつけのように、政宗様との親しさをひけらかすものではないと言っているの。上流階級にあるまじき品のなさだわ」

「私は、手当たり次第にひけらかしているわけではございません。初対面にもかかわらず婉曲に非難をなさる方々を、なるべく角が立たないようかわしているだけ」

政宗に好意を抱く女性達に、多少は同情している。

菊華は贋物《にせもの》の妻。贋物で本物の恋を打ち砕こうなんて、失礼な話だと思う。

けれど、恨みを容赦なくぶつけてくる者達に甘い対処をしていては、菊華の方が潰れてしまう。しかも正々堂々と対峙《たいじ》するのではなく、会話に毒針を仕込むようなやり方をされれば腹も立つというもの。

その点、今目の前にいる令嬢は違う。

だから菊華は目立つことを避け、さりげなく距離を詰めて耳打ちをした。

「もしやそのブローチは、アンティークジュエリーとして購入なさったのでしょうか？」

他の宝飾品は全て最新の流行に沿ったものなのに、ブローチだけ時代がずれている。

菊華の突然の問いに戸惑いを見せていたものの、令嬢はつんと顎を上げて肯定した。

「えぇ、そうよ。夫が骨董を扱っているというのに、これがアンティークジュエリーだと分からないの？」

「分かります。ですがこれはおそらく……アンティークとはみなされません」

まだ政宗には打ち明けていないが、菊華は触れた骨董の気配を感じ取ることができる。世に生まれ百年以上ともなれば、いわくつきでなくとも独特の気配を漂わせているものだが——これは、触れなくとも『違う』と分かった。

「なっ……」

「お静かに。周囲に気付かれます」

令嬢が驚きの声を上げかけるのを、素早く制する。

「政宗様のお仕事を見ておりますので、私にも多少骨董に関する知識があります。ローズカットが施された宝石は裏側が塞がれたクローズドセッティング、そこに輝きを増すための銀箔《ぎんぱく》が敷かれているのも、十八世紀に作られた宝飾品によく見られる特徴です。ただ、金細工に用いられた、このカンティーユ技法」

カンティーユというのは、巻きひげや渦巻き、コイル、金の粒などを細い金線の上に熱で留めていく技法のこと。花や貝のモチーフがよく用いられた。

似たものでフィリグリーという金細工の技法が古くからあるけれど、そちらは平面的。高さや厚みがあるカンティーユ技法によって、より立体的な表現が可能となったのだ。

だがそれこそが、決定的な違和感だった。

「確かにこちらのブローチは、十八世紀頃の特徴が多くみられますし、細工も素晴らしいです。けれどカンティーユという技法が開発され、流行《はや》ったのは、十九世紀前半。つまりこちらは……アンティークに分類されるほど古くないのです」

アンティークとヴィンテージの定義は未《いま》だ明確ではないが、製作から六十年ほどしか経っていないなら、そこまで古いと判断されない。

古きよきものを何代にもわたって愛用する――それが英国では当然の価値観だから。

菊華は令嬢の警戒を解くため、にこりと微笑みかけた。

「この鳩のブローチを売った宝石商を、教えてくださいませ。知識不足によって間違えただけなら、商売人として問題はありますが犯罪にはなりません。けれどもし、故意にアンティークジュエリーを騙《かた》ったのだとしたら——到底許されないことですから」

胸の内で、ふつふつと怒りが煮えたぎっている。

職人が手間を惜しまず、一つ一つ手作業で施した素晴らしい細工。大切に受け継いでいけば、後世ではアンティークジュエリーの名品として脚光を浴びるだろう。

誰かを騙《だま》す道具にされては、鳩のブローチが可哀想《かわいそう》だった。

知識がある上でアンティークジュエリーと偽り、高値で売りつけたのだとしたら、これは骨董全体を貶《おとし》める行為。極めて悪質だ。

令嬢の顔色が急激に悪くなる。

気迫満々の笑みをずいと近付けると、彼女は後ずさった。

「さぁ、教えてくださいませ」

「お、教えたらどうするつもりなの」

まずは宝石商がこれまで取り扱ってきた商品、取引を洗いざらい調べ上げる。健全な取引しかしていなければ問題はない。だが、悪意にまみれた意図で多くの宝飾品を売りさばいていたら、次は商品を卸している職人も調べねばならない。もしも悪事に加担していると知りながら卸していたなら同罪。警察に訴え——……。

「大丈夫です。お嬢様にご迷惑はおかけしません」

「なな、何なのよあなたっ、その前置きが不穏なのよっ」

彼女は怯《おび》えたように背を向け、令嬢らしからぬ早足で立ち去っていく。

……引かれてしまった。

女除けは憎まれ役。嫌われる覚悟はできていたけれど、全く別の方向性で距離を取られるというのはたいへん不本意だった。

結局ブローチの出所も分からずじまいで、菊華は消化不良を感じながら首を傾《かし》げる。

「あれを売りつけた、疑惑の宝石商に怒っているだけなのに……」

「フッ、フフ……」

すぐ後ろで聞こえた笑い声に、菊華は振り返る。

申し訳なさそうに咳払《せきばら》いで誤魔化すのは、アーバスノット子爵だった。

「すまない、聞こえてしまったものでね」

「いえ、とんでもないことです」

そつなく答えながらも菊華は混乱していた。

なぜ笑われたのか、まるで分からない。怖がられた場面だろうか。

「君は変わった女性だね。妻という立場を使えば簡単に追い払えるものを、一貫してプロフェッショナルだった」

これは、淑女らしからぬ行いと揶揄《やゆ》されているのだろうか。

黙り込む菊華に、子爵が近付いてくる。

老紳士の眼差《まなざ》しには興味が映し出されていた。

「私が主催する演奏会で、招待客に商品を売り込むところも見ていたよ。その度胸のよさがあれば、着物で会場入りをするという大胆な発想も可能だろう」

和装の発案者も、そこに含ませた意図もお見通しらしい。

菊華の方も、子爵が意地の悪い招待状を送りつけてきた理由を、既に把握していた。

要は、政宗という商人の素質や立ち位置を見極めるためだったのだろう。

中国磁器はともかく、日本国の柿右衛門や備前焼《びぜんやき》などは『東堂骨董店』でも販売している。陶磁器を主に取り扱っているというアーバスノット子爵にとっては、領分を荒らす新参者だ。手を取り合うべきか、排除すべきか。

——怖い人……。

見世物でも、話題性を狙っての招待でもなかった。いや、むしろ全てを計算ずくで招いたのかもしれない。こちらの疑心暗鬼を誘ったのも。

けれど、商人らしい損得勘定は嫌いじゃない。

菊華も負けじと計算高い笑みをお見舞いした。

「恐れ入ります。招待を受けた身で僭越《せんえつ》とは存じますが、私といたしましては、利益とは重なり合う部分をあえて作ることで、互いに増していくものだと考えております」

今後、こちらがアーバスノット子爵に顧客を紹介することだってあるだろう。

だから、縄張りに少し踏み込んだ程度で目くじらを立てるな。けちけちするな。

上流階級らしい婉曲な物言いができたはずなのに、子爵はついに腹を抱えて笑い出す。

「――ハハッ！　どうやら政宗君は、この先君を繋《つな》ぎ止《と》めるため、大層苦労しそうだ！」

周囲が振り返るほどの笑い声は、政宗が足早に迎えに来るまで続いた。


無事に演奏会を乗り切り、菊華は帰りの馬車の中、心地よい疲労感に揺られている。

月明かりしか差さない静かな空間で、向かいに座る政宗からため息が聞こえた。

「あなたには、つくづく驚かされます。子爵があんなに笑うところは初めて見ました」

「驚いたっていうなら私の方よ。よくもあんな適当な嘘《うそ》を並べ立てたものだわ。叔父が死んでいるとか、これからしばらく喪に服さないといけなくなったじゃない」

窓枠に頬杖《ほおづえ》を突きながら、菊華も半眼で言い返す。

偽りの死亡時期によっては、社交も控えねばならないところだった。契約満了のために上流階級と親密になる必要があるのに、それでは本末転倒だ。

——何でここまで高待遇なのか、やっぱり分からないし……。

菊華は自分が着ている着物を見下ろす。

この贅沢《ぜいたく》な友禅染《ゆうぜんぞめ》も、今回のために政宗があつらえたもの。

突発的な演奏会出席という無理難題は降りかかったけれど、それだって彼が意図して差し向けたわけではない。何を言っても面白がるばかりだし、読めない男だ。

とはいえ、油断は禁物。企《たくら》みがあるなら、一番狙われるのは安心しきった瞬間だろう。

「そもそもの疑問なんだけど、私をいきなり公の場に連れ出すなんて無謀すぎよね？」

辰巳の言う通りというのも癪《しゃく》だが、政宗に相応《ふさわ》しい令嬢はいくらでもいる。彼は危ない橋を渡る必要などなかったはずだ。

もし菊華が期待に応えられなかったら、どうするつもりだったのか。

「はじめからあなた以外に興味がなかった——とは、考えないんですか？」

黒灰色の瞳が、月光の下できらめいた気がした。

低い声音も甘く、まるで睦言《むつごと》を囁《ささや》くようだ。表情までは見えないけれど、おそらく政宗は悠然と脚を組みながら、こちらの反応を窺《うかが》っているのだろう。

「誰もいないのに熱愛夫婦を演じる必要って、ある？」

一刀両断。菊華は首を傾げて、馬車に籠もる妖しい空気をぶった切った。

たとえ格好つけていても見えないし、質問に質問で返すならこちらもやり返す所存。

政宗が嘆息し、座り直す気配がした。

「……つまらないですね。他の令嬢達なら、凄《すさ》まじい反応を見せるものですが」

「子爵も言っていたでしょう？　――苦労するのはあんたの方よ」

菊華はゆったりと目を細め、赤い唇に挑発的な笑みを刷《は》いた。

「私は、誰かに選ばれるために生きてきたんじゃない。繋ぎ止めるためには努力が必要だって、肝に銘じなさいよ。あんたが私を選んだように、私もあんたを選んだの」

令嬢達は、政宗に選ばれるために努力していた。

自分から好意を発するのははしたないと眉をひそめられるから、必死に着飾って、彼の目に留まるのをひたすら待ち続けて。

ただ待つだけなんて、菊華は死んでもごめんだ。

――認めさせてやる。ちょうどいいから選んだんじゃなく、私だから、だと。

静かに闘志を燃やしていると、正面から心底楽しそうな笑い声が弾《はじ》けた。

「頼もしい……全く、見事な手腕です。俺の盾としても、偽りの妻としても申し分ないでしょう。——骨董店《こっとうてん》で働くにも」

菊華は無言で目を瞬かせた。

不思議なことに、政宗の声音は面白がっているようにも、深い情感が込められているようにも聞こえた。どこか慈しむような。

「あなたが『東堂骨董店』で働くことを認めましょう。ただし、見習いからですよ」

「……え？」

「頭を下げて『俺の店で働いてください』とでも言わなければ、伝わりませんか？」

突然放られた言葉の意味が理解できず、菊華はしばらく呆然《ぼうぜん》としていた。

その内、じわじわと実感が込み上げてくる。

指先が震える。心臓が音を立てて動き出し、全身がカッと熱い。

いつか自分の店を持つ。菊華は、そのための一歩を踏み出せたのだ。

「あ……ありがとう！」

興奮のまま、政宗の手をぎゅっと握り締める。

感謝を込めて告げると、彼がゆっくり微笑《ほほえ》む気配がした。

「ウェディングドレスを贈った時より……嬉《うれ》しそうですね」

当然だ。瞼《まぶた》の裏に、一之宮家の収蔵庫にあった骨董達を思い出す。

「――えぇ、愛しているもの」

ガタッ

「……ちょっと、どうしたの？　路面が悪いところもあるんだから、気を付けなさいよ」

「い、いえ……そうですね。あなたには敵《かな》いませんね」

勝因は分からないけれど、今日は珍しく菊華に軍配が上がったらしい。

暗闇から返ってくる声はどこか疲れているようだった。

◇◆◇

東堂邸の執務室。

閉ざされた空間には、政宗と秘書の辰巳のみ。使用人はいない。

忠義の部下には極秘の調査を命じていた。

「政宗様、一之宮家は調べるほど埃《ほこり》が出てきます。借金は『一之宮華江』の散財癖が原因と言われていますが、これも馬鹿馬鹿しい噂《うわさ》でした」

「そうみたいだな。彼女の叔父夫婦については、引き続き調べを進めてくれ」

辰巳とは、高等小学校を卒業したばかりの頃から付き合いがあり、仕事のやり方だけでなく人間性も熟知されている。そのため丁寧な口調も必要なかった。

目新しい報告がないことを確認すると、政宗はさっさと仕事に戻る。

スエズ運河のおかげで輸送は格段に速くなったけれど、長距離貿易は危険も多い。

それを事前に回避するためには、経済に関する定期刊行物だけでなく、様々なところから送られてくる商業書簡にも目を通さねばならない。

商品価格や為替相場、特定の都市や地域でのみ入手できる政治的、または軍事的な出来事の把握。特に遠隔地にいる部下とは、正確に情報を伝達する必要があった。

定期刊行物より、商人同士の生の情報の方が早くて分かりやすいこともあるほどだ。

政宗は、報告を終えても業務に戻ろうとしない秘書に視線を向ける。

「何か、言いたいことでもあるようだな？」

問いはしたものの、大方の予想はついている。

『一之宮華江』に関することだ。

本人には口が裂けても言わないだろうが、辰巳は菊華の度胸と根性、持ち前の前向きさを気に入っているようだから。

「……政宗様、一体何をお考えですか？　『一之宮華江』といえば――……」

「――辰巳」

疑問を口にしかけた秘書を制する。

「今はまだ時機じゃない。しばらくは胸の内に秘しておけ」

政宗の声音は、一切の反論を封じる威圧的なもの。

菊華には決して見せない酷薄さに、やがて辰巳はため息と共に首を振った。

「……隠しごとばかりして、あなたが大切なものを失わないことを願います」

これは、引き下がったというより、諦めたというべきか。

ゆっくりと頭を下げる秘書の皮肉に、政宗は片頬を歪《ゆが》めて笑った。

第二話　いわくつきのシノワズリ

社交期が幕を開け、賑《にぎ》わいだした五月のロンドン。

リージェントストリートに店舗を構える『東堂骨董店《とうどうこっとうてん》』は、蒐集家《しゅうしゅうか》に富裕層が多いためか、内装にもこだわりが窺える。

シンプルながらも古典主義的な優雅さがある、クイーン・アン様式の店内。

重厚感のあるウォルナット材の床板は、骨董を引き立てるためにあえて艶を消した仕上がり。細やかな透かし彫りが施された応接用のテーブルと、風や暖炉の熱から頭部を守るため、背面が大きく張り出しているのが特徴のウィングチェア。細かな骨董が収納されているのは、カブリオレ・レッグが特徴のトールボーイという、背の高い簞笥《たんす》。

政宗《まさむね》の妻役が最優先のため週に二日程度しか出勤できないけれど、大好きな骨董に囲まれた空間で、菊華《きっか》は今日も元気に働いていた。

「お客様、お目が高い。こちらは、ユニコーンの角で作られたとされる杯です。ユニコーンの角には、病を癒やし毒を消す魔力があると信じられており、飲みものに毒が入っていないか調べるため、昔の権力者はこぞって求めたとか」

「その通り。十七世紀には一角《いっかく》という海洋生物のものだと判明していたが、以降も『驚異の部屋』には欠かせなかったそうだよ」

菊華はお得意様と頷《うなず》き合《あ》った。光影《みつかげ》と骨董談義をするために来店しているような老紳士で、今回は金細工が施された杯を気に入ったらしい。

十五世紀から十八世紀の王侯貴族や学者達が、珍しい動植物や鉱物の標本、手の込んだ手芸品などを集めて飾った部屋を、『驚異の部屋』や『ヴンダーカンマー』と呼んだ。

キリスト教の教義に対するアンチテーゼであり、十八世紀に全盛期を迎えた啓蒙《けいもう》思想を表明するためのコレクション部屋。あとは単純に、富や権力を誇示するためのものだ。

「既に一角のものだと分かっていたのに、十八世紀になってもユニコーンの実在が信じられていたというのも、とても興味深いと思います。それに『驚異の部屋』といえば、ベゾアール石やゴア石も浪漫《ロマン》がありますよね」

実際は動物の胃や腸にできるものだったベゾアール石にも、毒を消す働きがあると考えられていた。その効果を人工的に再現しようとしたのがゴア石で、粘土や砕いたルビー、金箔《きんぱく》に貝殻、麝香《じゃこう》、樹脂を混ぜ合わせて作られた。

どちらも人気があり、宝石や金銀で飾り立て『驚異の部屋』に陳列されていたとか。

尽きない骨董談義に、自然と菊華の頬も緩む。

何世紀にもわたって解明されぬ不思議は、人に様々な想像を与えた。

地中から発見される虫が閉じ込められた宝石や、渦を巻く貝のような石。

もしかしたら伝説の生きものの一部ではないか、未知の世界が存在するのではないか、
そう考えること自体に浪漫がある。

こういった骨董にも、不思議という価値がつくのだ。

初対面ゆえ菊華の知識を侮っていただろう老紳士も、今やすっかり相好を崩していた。

「君、若いのに素晴らしい知識だね。浪漫が分かっている点もいい」

「お褒めにあずかり光栄です」

「今日はこの杯を購入させてもらおう。若く有望な友人に出会えた記念だ」

「ありがとうございます」

順調だ。菊華の骨董店での滑り出しは、限りなく順調だった。

店の奥で骨董の手入れをしていた光影を振り返ると、彼は満足そうに小さく頷く。

菊華は修業の一環で、顧客に認められるかを試されていたのだ。老紳士は偏屈な面もあるそうで、試験にはもってこいだと送り出された。相変わらず穏やかに鬼だ。

「息子や孫には、がらくたを集めるなと文句ばかり言われてね」

「そうなのですね……」

愚痴をこぼしはじめた老紳士に付き合い、菊華は相槌《あいづち》を打った。

物の価値とは、人によって変わる。万人が骨董を好むわけではない。それは当然のことだが、家族の理解を得られないのは悲しいだろう。

「日本国の言葉で、がらくたは『我楽多』とも書きます。何を大切にしようと自分の自由という気がして、私はとても素敵な言葉だと思っております」

微笑みと共に頷くと、老紳士は長い眉毛の奥の瞳を輝かせた。

そうして、がしりと両手を握られる。

「君は……本当に素晴らしいね。どうだい、今度私の家にあるコレクションを見てみないか？　店長には誘うたび断られているのだが――……」

「――お客様」

二人の手をさりげなく……というには少々強引に引き剝がしたのは、やたらと作りものめいた笑みを浮かべる政宗だった。

いつの間にやって来たのか、彼はにこやかなまま出入り口の方を示す。

「ご家族の方でしょうか、お迎えが来ておりますよ」

ガラスの扉の向こうには馬車が停《と》まっていて、老紳士は慌てて立ち上がった。

「いかん、長居しすぎたようだ。続きはまた今度話そう……と、そういえば君、まだ名前を聞いていなかったな？」

「太郎《たろう》と申します、ミスター。またのお越しをお待ちしております」

「そうか、タロー。では私はこれで失礼するよ。荷物はいつものように邸宅《タウンハウス》まで頼む」

「かしこまりました」

老紳士が出ていくと、店内は静まり返った。

菊華の気付かぬ内に、東堂家の関係者ばかりになっている。しかもさりげなく秘書の辰《たつ》巳《み》まで隅に控えているし。

「――菊華」

仮面のような笑みのまま、政宗が菊華を振り返った。

「菊華じゃなくて、今は『太郎』です」

「そんな格好をしているから、気安く触れられるのでは？　接客中に男装をしていたなんて、光影からも報告は上がっていませんよ」

「報告していませんもん。わざわざ伝えるほどのことじゃないし」

政宗の指摘通り、菊華は少年の扮装《ふんそう》で見習いをしていた。

貿易船の下働き時代とは違いジャケットを着用しており、下層中流階級程度には見えるだろう装いだ。口調もそれに合わせている。

「だって商売をする女なんて、社交界でいい顔されないですし」

政宗の妻として顔を売っていかなければならないので、菊華が小売業に関わっていることが噂《うわさ》になったら困る。かといって上流階級も顔を出す店内でこそそしたくないので、これが最適解だったのだ。

ずっと少年として過ごしてきたので抵抗もない。いずれは無理が出てくるだろうが、それまでは男装を続けるつもり満々だった。

菊華が『東堂骨董店』で働きはじめてから、政宗が店に顔を出すのは初めてのこと。三ヶ月ほど経《た》っているし、正直このまま気付かれないと思っていたのに。

「それで、何の用です？　暇なんですか？」

「生憎《あいにく》、オリエンタリズムのおかげで大忙しですよ」

『東堂貿易商會《とうどうぼうえきしょうかい》』が日本国から輸出している主力商品は、実は生糸だ。

それでも昨今の流行を受け、日本製の様々な骨董品も売れ行きが好調だった。

英国を出港する船は、洋反物や綿花、中継地の中国で鉄鉱石なども仕入れつつ、日本に戻るのだという。もちろん各中継地で商売もするし、船の修理もする。

また、遠隔地では当然問題も起こる。

対応する際、大事になってくるのは情報と評判、そして信頼だという。

どこの国の商売も家族経営が多いので、目先の利潤より、末代まで商会が存続することを願う者が大半なのだ。信頼関係を築くには地道に誠実な商売をするしかなかった。

冗談として流しているが、それらをうまく回している政宗が暇なわけがない。

怒ってもいいところなのに、むしろ口を挟まずにいる辰巳の方から圧を感じる。

「それなら、『一之宮華江《いちのみやはるえ》』について分かったことでも？」

忙しいからこそ、必要に迫られなければ来るはずもない。

何か用事があるのだろうと問い直せば、彼は困ったように首を傾《かし》げた。

「いやに断定的ですね。あなたが働く様子を見に来たとは思わないんですか？」

「俺の顔を見に来るなんて無駄な労力、オーナーは使いませんよ」

菊華の返答に、政宗の芸術的な顔が曇った。

まるで雨に打たれる花の風情だと、無闇に感心してしまう。政宗なら足を運んでまで見る価値があると、菊華は何度も頷いた。

――どことなく気品があるから、暗黒面が出ても優雅に見えるのかも……あとやっぱり花さえ脇役にしてしまうこの端麗さか……。

内心で品評を語っていると、政宗はため息をついた。

「罪悪感もなさそうに何を考えているか、大体分かりますよ。筋金入りですね」

「素っ気なくされたくらいで落ち込むタマじゃないでしょう。俺は骨董《こっとう》だけでなく、美しいものなら全般好きですからね。オーナーの全体像も楽しませてもらっています」

「どうぞお好きに愛《め》でてくださいと言いたいところですが、『一之宮華江』について聞かなくていいんですか？」

やはり調査の報告に立ち寄ったのではないか。

菊華は半眼になりつつも、素直に口を閉じた。

「残念ながら、あなたの母親の足取りは摑《つか》めていません。嫌な噂は色々聞きますがね」

「日本国に拠点があるわりに、手間取っていますね」

「俺の顔面をうっとりと鑑賞しているわりに、皮肉だけはしっかり言うじゃないですか」

楽しげに笑っていた政宗が、ふと真面目な顔をした。

「嫌な噂について、既に知っていたんですね。それならなぜ、あなたは『一之宮華江』の消息を調べたいんですか？　物心ついてから、一度も会ったことがないんでしょう？」

「うわぁ、恐ろしい調査力。それでなぜ消息が摑めないのか不思議です」

うんざりとした態度ではぐらかそうとしても無駄だった。

菊華を見つめる政宗の黒灰色の瞳に、かすかな懸念が混じっている。

日常的に皮肉の応酬をしていても、未《いま》だにうっすら復讐《ふくしゅう》を疑っていても、彼が冷たいだけの男じゃないことに気付きつつある。大方、菊華の胸中を慮《おもんぱか》っているのだろう。

菊華も表情を切り替え、しっかりと政宗を見返した。

「決まっているでしょう。本当のことは、自分の目で見ないと分からないからです」

告げた理由は単純明快。

使用人の噂話を鵜呑《うの》みにして、知った気になってはいけない。

骨董の鑑定と同じで、情報ばかりに目を向けていても惑わされる。実際に自分の目で見て、触れてみなければ真実は分からない。

菊華はもう、あの頃の世間知らずな子どもではないのだ。

政宗は僅かに目を見開いたあと、満足そうに小さく笑った。

「やはりあなたは、素晴らしい妻だ」

「店頭で妻って呼ぶのやめてくれません？　誰が聞いているか分からないので」

「そうですね。では、愛《いと》しの子猫といったところですか」

「少年を子猫扱いする変人と噂が立ってもいいならお好きにどうぞ」

軽口を叩《たた》き合《あ》っていると、辰巳がわざとらしい咳払《せきばら》いで割り込んだ。

我関せずといった態度の光影の側《そば》に立ち、じろりとこちらを睨《にら》んでいる。

「……これ以上は聞いていられません。あなた方の会話は、心臓に悪い」

てっきり菊華の態度を非難するかと思いきや、まさか政宗までも。主人第一主義の辰巳には非常に珍しいことだった。

「でも心臓に悪いって……どこが？」

「さぁ。あいつの考えていることなんて、分かりたくもありませんよ」

首を傾げながら呟《つぶや》くと、隣で政宗が皮肉げに肩をすくめる。

菊華は目を瞬かせて彼を見上げた。

「辰巳さんの扱いがやけに雑じゃないですか？」

普段の慇懃《いんぎん》さが薄らいだ、彼の新たな一面。

意外な思いで見つめる先で、政宗は一層笑顔を輝かせた。

「あれは雑に扱っていい人間なので、あなたも呼び捨てで構いませんよ」

「——ちょっ、政宗様!?　雑に扱っていい人間などこの世に一人もいませんからね!?」

「ずいぶん壮大だな」

途端に辰巳が抗議の声を上げ、二人の言い合いがはじまった。

打ち解けた者同士の、特有の空気。そういえば創業前からの仲だったとか。

「粗暴さまで隠し持っていたとは……怪しく危険な香りが増しているにもかかわらず気品

すら感じられるのは所作が洗練されているからか……むしろ相反する要素が混ざり合うことで独特の魅力を生み出し――……」

菊華までぶつぶつと謎の評論を繰り出しはじめる。

身内だけになった途端、賑《にぎ》やかになる店内。

光影は棚を拭きつつ、穏やかな笑みをこぼした。

◇◆◇

三日後。菊華は一人、骨董店に並ぶ銀器を磨いていた。

たった数日で留守を任せてもらえるくらい成長した……というわけではない。単に光影が港へ出かけているので、店は一時休業となっているのだ。

今磨いているフランス製の化粧箱は、十八世紀後期のもの。円筒形の側面には花綵《はなづな》と雄羊が浮き彫りにされ、渦形モチーフなどロココ様式の装飾がたっぷりと施されている。蝶番《ちょうつがい》のついた蓋の裏には、鏡も取り付けられていた。

他にも十八世紀初頭の嗅《か》ぎ煙草入《たばこい》れや、ジョージアンのコーヒーポット、古典的なコリント式柱を模した小型のキャンドルスティックなど、任された銀器は多くある。

磨きすぎると逆に骨董としての価値が落ちてしまうから、扱いは慎重を期す。この仕事を光影に指示されたということは、まだ留守は任されないまでも、信頼の証《あかし》とっていいだろう。菊華はどこまでも前向きだった。

どれも百年以上の時を経た骨董品なので、手袋越しにうっすら気配が伝わってくる。化粧箱は、やや気取った気配。きっと綺麗《きれい》な人が愛用していたのだろうと推察できる。嗅ぎ煙草入れは穏やかで、コーヒーポットはのんびりと大らか、キャンドルスティックは知的で物静かな気配。

骨董に触れるとそれぞれの個性が溢《あふ》れ出《だ》してきて、ただ手入れをするだけでも楽しい。磨き終えた化粧箱の仕上がりに満足していると、突然扉がガタガタと揺れだした。外側から、誰かが扉を叩いている。内鍵がかかっているため、よほどのことがない限り強引にこじ開けられることはないだろうが、菊華は警戒を強める。

「あれー、やってない？　困ったなぁ」

入り口に立っている何者かは、わざわざ中を覗《のぞ》いて菊華がいることを確認してきた。ここは高級店の立ち並ぶ通り。滅多な者はいないだろうに、大概しつこい。

菊華は作業を中断すると、苛《いら》立《だ》ちを抑えて扉を開いた。

店の外にいたのは、長身の青年だった。

金髪に明るい空色の瞳で、年齢は二十歳そこそこ。

ダークグリーンのジャケットは中程度の品質。宝飾品を一切つけていない点からも、おそらく中流階級以上だが羽振りは悪い。貴族の親戚がいる牧師の息子辺りだろうか。

「いらっしゃいませ、お客様。申し訳ございませんが、今は休憩時間となっております」

「そうだったのか。開けてもらって悪いね。僕はジェイデン。君は？」

決して世間話をするために開けたわけではないと腹の底で悪態をつきながら、菊華は営業用の笑みを顔に張り付ける。

「お会いできて光栄です。この店で見習いをしている、太郎と申します」

だから勝手に店は開けられないのだ……と続けようとしたところで、ジェイデンと名乗る青年はさらに話を進めた。

「よろしくね、タロー。ところで、オーナーは今日顔を出す予定？」

「いえ。オーナーは、ほとんど店舗に来られないので……」

「えぇー、美術品もかくやと噂の『東堂政宗』に会ってみたかったのに。ねぇタロー、オーナーはどんな人？　社交界に登場した途端、令嬢達の心を掻《か》っさらっていったという伝説の美貌、見たいと思うのが人の性《さが》だよねぇ」

「分かります。鑑賞料がとれるのではと思わせる美しさですから」

追い出そうと思っていたのに、つい同意してしまった。

その時にはもう、彼は店に足を踏み入れている。

この男、できる。菊華は再び気を引き締めた。

「そうだ。美しいといえば、見てもらいたい品があるんだ。素晴らしい中国磁器だよ」

ピクリ、と口角が動いたのを、ジェイデンは見逃してくれない。

「お邪魔します。君と一緒に鑑賞できて嬉《うれ》しいよ」

にっこり笑う彼を、止めることができなかった。

他人の心の機微に敏《さと》い青年のようだ。中国磁器と聞いて興味を持ってしまったことを、しっかり見抜かれている。

強引にも思えるのに不快感を与えない辺りが絶妙で、親しみやすい。傲慢さが感じられないのは、気取らない口調ところころ変わる表情のせいだろう。その分、端整な顔立ちなのに軽薄さを感じるが。

――これで本当に牧師や教師の息子だとしたら、親泣かせでしょうね……。

菊華が押し負けるほどの世渡り上手なら、ずいぶん派手に遊んでいそうだ。

「お客様。私はあくまで見習いですし、当店では中国磁器を扱っておりません。買い取りをご希望でしたら、他の店舗へ行かれた方がよろしいのではないでしょうか?」

「ジェイデンって呼んでくれて構わないよ。それに、無理に買い取れなんて言わない。ほんの少し一緒に骨董を楽しむだけ、ね？」

片目をつむって愛嬌《あいきょう》を振りまかれ、菊華は屈した。

「……では、ジェイデン様。どうぞこちらへ」

商談さえしなければ問題ないだろうと自分に言い聞かせ、いそいそと応接用のテーブルセットへ移動する。

磁器は、ヨーロッパで『白い黄金』とも呼ばれるほど価値が高い。

中国磁器の需要が爆発的に増えたため、陶工達は自ら製造する道を模索したのだが、開発までに何世紀もかかったという。

ヨーロッパで磁器の作り方が解明されたのは十八世紀初頭のこと。

純白の東洋磁器の製造法を見出《みいだ》すよう命じられ、ドレスデンの城にある精錬所に監禁されていた、錬金術師のヨハン・フリードリヒ・ベドガー。そして、発明家でもあり伯爵でもあったエーレンフリート・ヴァルター・フォン・チルンハウス。

この二人の共同開発によってヨーロッパの磁器文化は花開き、ドイツのマイセン工場の設立にも繫《つな》がった。その後もいくつもの有名な窯元が誕生している。

東堂骨董店《こっとうてん》では、中国磁器の取り扱いはない。

二月の演奏会に招待してくれたアーバスノット子爵が陶磁器を扱っていると聞いて、実はずっと現物を見てみたいと思っていたのだ。

素直に子爵を頼れば早いのだが、借りを作ることに抵抗があった。菊華にとっては未だに油断ならない相手という認識なのだ。

「素晴らしいものがあると、誰かと語り合ってみたくない？　――ほら」

マホガニー製の長椅子に座ったジェイデンが、楽しそうに笑いながらダマスク織《おり》の包みを開けていく。

現れたのは、鮮やかな青が際立った大皿だった。

縁飾りは青花で、中央に描かれているのは美しい女性。その周囲には、数羽《わ》のうさぎが躍動感いっぱいに跳び回っている。

菊華は許可を得てから、手袋をした手で慎重に持ち上げてみた。

触れると、静かで硬質な反応が返ってくる。

普段なら骨董の感情がぼんやりと伝わるのに、やけに頑《かたく》なだ。

菊華は内心首を傾《かし》げながらも、窓から差し込む日差しに大皿をかざす。光が透過するので間違いなく磁器だった。

「これは……手彩《しゅさい》ですね。作るのにかなり時間がかかる製法です」

十八世紀中頃には転写法も広まっていた。銅板や転写紙を用いてデザインを写しつける技法だが、だからといって価値が劣るわけでは決してない。

中国磁器の模倣品は多い。

それは需要があったからというのもあるが、何より中国の窯元が、自国の祖先の傑作を真似《まね》ていくことで様式を洗練させ、さらに発展させていったからだ。その全てが、贋作《がんさく》ではなく模倣品に分類される。

中国磁器で贋作と呼ばれるのは、実際より古く価値が高いと偽ったものになる。

「純白の地色、薄くしっかり密着したガラスのような釉薬《ゆうやく》……絵付けに使われている青も紫を帯びているので、十七世紀後半から十八世紀前半のものと考えられますが……」

それより以前は、天然顔料の質が均一ではなかったため、絵付け部分に黒っぽい小さな斑点が残ったものだという。いわゆる『蛇皮釉《じゃひゆう》』だ。

「タロー、詳しいんだね」

「ただの受け売りです」

光影の指導で得ただけの付け焼き刃だが、これは康熙帝《こうきてい》時代のものと思われた。

けれど、絵柄がよくあるものとは異なっている。

この時代、磁器のモチーフは物語の一場面や風景が多くみられると聞いていた。

理想化された木や島々に、仏塔の風景。通い船に乗った漁師や、岩石の間から伸びる草花。動物や魚の文様も人気を博していたため、そういったものが一般的だというが。

「ここに描かれている女性は、一体誰なんでしょうね？　中国の物語や文学作品に登場する人物でしょうか？」

大皿をテーブルに戻すと、菊華は改めてジェイデンと向き合った。

しかし彼はとぼけたふりで、視線を逸《そ》らしながら小首を傾げる。

「それが残念なことに、詳しいことは聞いていないんだよね」

菊華は瞳をすっと細める。

聞いていない、ということは、彼が持ち主ではないということだ。

ジェイデンの軽薄な笑顔が、急に胡散臭《うさんくさ》く思えてきた。

じっとりとした視線に耐えきれなくなったのか、彼は取り繕うように言い募る。

「だけど、美しい品であることは間違いないだろう？　中国磁器って素晴らしいよね！」

「まぁ、それは」

「うんうん、骨董の価値を分かってくれる若者って貴重だから、君とこうして話すことができて本当によかったよ！」

「そうですね。鑑賞するだけなら楽しかったので、その点はお礼を言います」

ジェイデンが挙動不審なせいで、だんだん菊華の応対も雑になってきた。

そんな微妙な空気を追い払うように、彼は手を叩《たた》いた。

「そうだ！　そんなに気に入ったのなら、君に譲るよ！」

「――は？　手放すんですか、これを？」

しかもタダで？

常軌を逸した申し出に、菊華は目を剝《む》いた。

「受け取れません」

「だけどね、骨董は大切にしてくれる人が持っているのが一番だと思わない？」

「ジェイデン様が大切にすればよろしいのでは？」

「そ、そうなんだけど、僕にはもったいないほどいいものだし！」

「こちらもそっくりそのまま同じことを言えますが。そもそも詳しく来歴を知らないということは、ジェイデン様の所有物ではありませんよね。勝手に手放していいんですか？」

理路整然と問い詰めれば、ついにジェイデンは黙り込んだ。

……俄然《がぜん》怪しくなってきた。

菊華の鑑定では良品だったが、ものすごく巧妙な贋作というのは存在する。それか後ろ暗い経路で入手したもの――盗品ということもあり得る。

菊華は鋭い眼差《まなざ》しのまま口を開いた。

「警さ……」

「うわぁそれだけは勘弁してよ白状するからぁ！」

匂わせた国家権力に、今度は彼の方が屈した。

ぐったりと項垂《うなだ》れたジェイデンは、しばらくするとぽつぽつ話し出した。

「……実は、頼まれたんだよね。いわくつきだから、手放したいって」

ある知り合いに頼られ、断りきれなかったのだという。

その人物は磁器の大皿を一目で気に入り購入したものの、その日を境に家の中で夜な夜な怪奇現象が起こるようになった。

どこからともなく聞こえてくる、すすり泣くような声。

それは決まって大皿が飾られている部屋からで、しまいには女性の人影を見たと証言する者まで現れ、手放すしかなかったのだという。

「本当に、断腸の思いだったそうだよ……けれど、似たようなことを複数名が多方面から訴えるものだから、折れるしかなかったそうで……」

複数名という濁し方だと家族ではなさそうなので、十中八九使用人。しかもたくさんいる中の何人かという雰囲気を感じた。

つまりジェイデンの知り合いというこの大皿の持ち主は、貴族か上層中流階級の者だろう。よほど裕福でない限り使用人を大勢雇うことなどできない。

「盗品じゃなかったようで一先《ひとま》ずホッとしました」

「君っていい度胸しているよね……」

ジェイデンは力なく笑った。

「オーナー不在でがっかりしていたけど、案外運がよかったかもしれないな。君と話すのは刺激的で、だんだん癖になってくるよ」

「それはどうも」

素っ気なく返しつつも、菊華は彼を見直していた。

さっさと手放そうとした点から察するに、ジェイデンは怪奇現象が苦手なのだろう。それなのに処分という安易な方法を選ばなかった。

――貴族か上層中流階級と縁故がある……押し付けられた骨董の価値が分かるから、捨てることができずうちに持ち込んだ……。

『東堂骨董店』を選んだ動機は、ついでに政宗の顔が拝めれば幸運という非常に軽い理由だろうが――なるほど。牧師や教師の息子ではなく、ジェイデンは同業かそれに近しい仕事をしているのかもしれない。

改めて大皿を見下ろす。

これを『東堂骨董店』で販売することは可能だろう。いわくつきを愛好する変わり者も一定数存在するので、意外と早く買い手もつくはずだ。

だが、そういった者達は怪奇現象に目がないのであって、骨董を愛しているわけではない。できれば、この大皿自体を大切にしてくれる者の手元にあってほしかった。

磁器の頑なな気配は、悲嘆に暮れるあまり、心を閉ざしてしまったからではないか。今や菊華はそう思うようになっていた。

できることなら、悲しみを晴らしてあげたい。

「ジェイデン様。この磁器について、もっと情報が欲しいです。その知り合いという方にお会いすることはできませんか？」

菊華の追及でへとへとになっていたジェイデンが、目を瞬かせた。

「……タローは不思議だね。いわくつきと聞いて、怖くならないの？」

「いわくより、これほどの名品が誰にも大切にしてもらえないことの方が怖いです」

きっぱり断言すると、ジェイデンはこぼれ落ちそうなほど目を丸くした。

家業のせいか、いわくつき骨董に親しんで育ったせいか、元より忌避感はない。

実際、骨董品に携わっていると、こういった奇妙な話はよく聞くのだ。

不吉な呪いといえば、所有者が破産ののち一家離散して自殺したり、次の持ち主が謎の死を遂げたり、不幸が立て続けに起こったホープ・ダイヤの伝説は、あまりに有名だ。

骨董には、古くから大事にされてきたものが多い。

誰かの強い思い入れが、あるいは骨董品自身に意思を持たせるのかもしれない。

確かに呪いは恐ろしいもの。

けれど、骨董が悲しみのあまり泣いているのなら、怖くない。それはユニコーンの角やベゾアール石のような不思議であって、恐怖ではないのだ。

「これほど上質な磁器ですから。その知り合いの方はこの大皿を気に入っていたようですし、不思議な現象が起こらなくなれば手元に返して差し上げることもできるでしょう。ついでに解決報酬を上乗せすれば、さらに利益が発生しますし」

ずっと目を見開いていたジェイデンは、堪《こら》えきれないといったふうに笑い出した。

「ハハハハッ、君って若いのにずいぶん商売上手だなぁ！」

「恐れ入ります。では、協力してくださいますね？」

「……ん？」

腹を抱えて笑い転げていたジェイデンが、ぎこちなく強《こわ》ばった顔で訊《き》き返《かえ》す。

聞こえなかったふりをしたいようだが、このまま逃がしはしない。菊華は再び営業用の上品な笑みを装った。

「ジェイデン様のおっしゃるように、私は若輩者なので。そのお知り合いとやらを一人で訪ねたところで、信用されないことくらい分かりますよね？　ジェイデン様が頼りです」

少年の格好だと十五歳未満に見られてしまうのは、経験上確かなことだった。たとえ紹介状があったとしても怪しまれるだろう。

「えーっ、でも僕もう、いわくつきには関わりたくないし……さっさと手放して、ついでに『東堂骨董店《こっとうてん》』のオーナーを堪能《たんのう》できればそれでよかったし……」

「やはりそれが一番の理由ですか」

きっと、あわよくばお近付きになりたいとも考えていたのだろう。

菊華は一度笑みを深めてから、切り札を使った。

「ジェイデン様——あんた、同業者だろ？」

どすの利いた声で凄《すご》めば、彼は一瞬で青ざめる。

「来歴を……その上いわくつきってことさえ知らせず、他の店に押し付ける。それって、信用問題だよな。やっぱり警さ……」

「うわぁ協力しますぜひ協力させてくださいぃ！」

ジェイデンが前のめりになって待ったをかける。

菊華が居住まいを正すと、彼はしおしおと背中を丸めた。

「僕もいわくより、君の方が怖くなってきたよ……」

「恐れ入ります」

何はともあれ協力を取り付けることができたので、菊華は笑顔で皮肉を聞き流した。

◇◆◇

ジェイデンは、自身を骨董店のオーナーだと明かした。

とはいえ、以前に何度も贋作《がんさく》を摑《つか》まされたせいで経営に関わっておらず、店ではほとんど貴族対応要員のような扱いらしい。

その彼がどうしても持ち帰りたくないと言い張ったため、中国磁器は一時的に『東堂骨董店』で保管することとなった。

自分の店にあるだけで怖いのだという。

月に一度、骨董品を眺めながら紅茶を飲むくらいの頻度でしか顔を出していないとのことだが、それでも涙目で拝み倒されれば頷《うなず》くしかなかった。

光影にも事情を説明し、しばらくは中国磁器の調査を優先していいと許可をもらった。

とはいえ、それも当然『東堂骨董店』で働いている時の話。

菊華に求められているのは基本的に完璧な妻の役割なので、今日も今日とて東堂邸にて、花子《はなこ》の厳しい指導を受けている。

本日の課題は舞踏会に招かれた時のため、ダンスを完璧に仕上げることだった。

菊華が着ているのは、くっきりとした薔薇色《ばらいろ》のフル・ドレス。軽くて透け感のあるチュール素材をふんだんに使い、首元を大胆に露出させた夜の社交用ドレスだ。

背中まで伸びた髪もしっかりと結い上げ、ワルツの足運びを反復練習する。

傍目《はため》には一人でくるくる回る姿は間抜けだろうが、花子の厳しい視線にさらされているため少しも気を抜けなかった。背筋をピンと伸ばし、ステップを踏み続ける。昼用のドレスと違って裾が長いため動きにくい。

「菊華様、顔が強ばっておりますよ。あくまで微笑《ほほえ》み、優雅さと気品を損ねることなく」

「そんな無茶な」

「大丈夫です。慣れてくれば、呼吸するようにできるようになります」

信じられないことに、花子は本気の笑顔だった。

もう大概踊りっぱなしで、目も回っているのだが。

しばらくしてようやく休憩になった時、菊華は息も絶え絶えだった。

「西洋の舞踏会って、恐ろしい催しだったのね……この上、ダンスにまでややこしいエチケットがつきまとっているなんて、考えたくもないわ……」

同じ若い男性と連続して三回以上踊ってはいけないとか、壁の花の恐ろしさとか。エチケット・ブックを読んで、未婚の令嬢じゃなくてよかったとつくづく思ったものだ。

冷たいレモネードを飲みつつも、つい愚痴っぽくなる菊華の汗をさりげなく拭い、花子は温かな笑みをこぼした。

「貴族社会を形成するのは人間です。国が変わろうと、見た目が異なろうと、エチケットやマナーに大差はありません。最も大切なのは相手への配慮。人として当たり前の、思いやりです。それさえ分かっていれば難しいことなどありませんよ」

優しい励ましに、菊華は頷いて返した。

学びに無駄なことはないと、背中を押してもらうだけでやる気が出てくる。花子は菊華を乗せるのが上手《うま》い。

再び手拍子に合わせてワルツを踊っていると、誰かが拍手を鳴らした。

珍しく明るい内に帰ってきた政宗が、笑顔で手を叩《たた》いている。広い玄関ホールで練習していたから目に留まったのだろう。

「ずいぶんステップが上達しましたね。それにあなたは背が高いので、裾の長いドレスを着ても見栄えがします」

出先から戻ってきたばかりの彼は、今日も隙のない着こなしをしている。

黒色のハットにダークグレーのフロックコート、シルバーのウェストコート。ワインレッドのタイには、ガーネットの色調の深さが印象的な金細工のピン。

「あんたも相変わらず、美術品に匹敵する美貌ね」

麗しさを遠慮なく堪能する菊華に、政宗は愉快げに笑った。

「紳士を褒め返すとは、どういう社交辞令ですか。俺をおだてる必要はありませんよ」

「私はあくまで事実を述べたまでよ。人間中身が大切とはいうけれど、もはや何をしても許されそうな顔だもの」

「あなたが、いつか顔がいいだけの人間に騙《だま》されないか心配です」

「あら、自分は違うとでも言いたげね？」

「おや。あなたほど見る目のある人間なら、当然分かっていると思っていましたが」

鑑定眼を引き合いに出されては菊華が黙るしかない。

敗北を悟り渋面を作ると、政宗は小さく噴き出した。

「可愛《かわい》らしく爪を立てて、あなたは本当に猫のようですね」

「やめてよ。愛《いと》しの子猫扱いはもうお腹《なか》いっぱい」

くだらない言い合いをしている内に、花子は音も気配もなく壁際へ移動していた。本当に有能な侍女長だ。

「それでは、愛らしい黒猫に贈りものを」

彼が内ポケットから取り出したジュエリーケースには、繊細な金のチェーンのネックレスが収められていた。

流行している、様々な色石を組み合わせた明るいもの。

モチーフは勿忘草《わすれなぐさ》だろうか。花のかたちにあしらわれているのはアクアマリンとハーフパールで、ガーネットやペリドットが可愛らしく色みを添えている。

花言葉のジュエリーの中でも勿忘草は定番のモチーフで、愛や純潔、友情、平和を表していた。ちなみに雛菊《ひなぎく》は純真で、蔦《つた》は結婚。

「なるほど。夫婦円満ぶりを見せつける、装備の一つというわけね」

したり顔で頷いても、政宗は笑うばかり。

そうしてネックレスを手に取り、彼は菊華の首に腕を回した。距離の近さに息が詰まりそうになるも、丁寧な仕草のおかげか圧迫感はなかった。

さらりとうなじに触れる体温。間近で、黒灰色の瞳が溶けるように和む。

「……これも、飼い猫の首輪だなんて言わないでよ」

「すみません。健気《けなげ》に威嚇する姿が微笑ましくて、からかいすぎましたね。……ふむ。薔薇色のドレスには、もっと落ち着いた色みの方が似合うでしょうか。これとは別に新しいものを作らせましょう」

「とんでもない。結婚前に準備した数で十分なのに、これ以上増やさなくていいわ」

既に把握しきれないほどの宝飾品が揃《そろ》っているのに、次々に新しいものを仕入れてくる政宗の気が知れない。偽りの妻に金を注《つ》ぎ込《こ》む必要はないのに。

とはいえ、緊張を悟られずに済んでよかった。

普段と変わらぬ態度のつもりだけれど、声は震えていなかっただろうか。顔の火照りも運動直後のせいだと思ってくれればいいのだが。

——びっっっっっっくりした……!!

ほとんど顔面の暴力だ。

政宗を鑑賞していることは、本人にも隠していない。

だから堂々と堪能すればよかったのに、なぜか疚《やま》しさを感じて、視線を引き剥がすように目を逸《そ》らしてしまった。美術品として眺めているだけでは得られなかった感覚。

政宗に群がる女性の気持ちが少し分かってしまったような。

当然だが、彼も血の通った人間なのだ。

動揺をひた隠す菊華の前に、手が差し伸べられる。

「パートナーと一緒の方が、より実践的な練習になりますよ」

「どれほど上達したか試してやろうって魂胆ね。いいわ、受けて立ってやろうじゃない」

「……そうして何でも喧嘩腰《けんかごし》だから、懐かない野良猫に見えるんですよ」

「は？　猫は猫でも野良猫だったわけ？」

いがみ合いながらも政宗の手をとって、ワルツがはじまった。

花子が手を叩いて生み出す、単純な三拍子。けれど美しく見せるには努力がいる。努力を感じさせない優雅さを維持するためには、体力も。

けれど政宗に身を任せれば、一人で練習していた時よりずっと簡単に思えた。

男性側のリードが上手いと、誰よりも華麗に舞うことができる。花子からそう聞いていたが、菊華は身をもって実感していた。

羽が生えたように足取りが軽い。舞踏会用のドレスがチュールなど軽い素材で作られるのは、裾の美しい広がりのためだったのだろう。

どこか上品な身のこなしといい、政宗は本当にただの平民だろうか。

何だか胡散臭《うさんくさ》さに磨きがかかった気がしながらも、菊華は出自の追及ではなく無難な話題を選んだ。彼が何者だろうと関係のないことだ。

「そういえば、いわくつきの骨董《こっとう》の来歴を、同業者と組んで調べることになったわ。もうおじいが話していると思うけど、一応私からも伝えておく」

呼吸の合間に報告すると、政宗は頷《うなず》いた。

「光影から聞いていますよ。骨董店の経営に関しては彼の裁量に任せていますし、あなたにとってもいい勉強になるでしょう」

「怒らないのね。自分が骨董店で働きたいと言ったくせに、投げ出すのよ？」

「骨董を愛していると聞いていましたから」

吸い込まれそうに美しい黒灰色の瞳が、菊華を映して細められる。

見透かすようなのに、確かな温《ぬく》もりが宿っているようにも見える、不思議な色合い。

「骨董品が大切にされないのが、我慢ならないんでしょう？　だから利益度外視で解決方法を探そうとしている。どうせ止めたところで聞きやしないと、想像がつきます」

解決報酬を上乗せすれば、さらに利益が発生する。

そうなれば菊華にとっても最善だが、それはジェイデンを巻き込むための方便に過ぎない。全ては骨董への強い思い入れゆえ。

やはり、政宗には敵《かな》わない。

菊華は唇を尖《とが》らせて、負け惜しみを口にする。

「利益度外視とは、聞き捨てならないわ。同業者と繋《つな》がっておいて損はないでしょう」

「そうですね。この業界は偏屈な人間が多いので、せいぜい懐柔しておいてください」

「あんたって、あくどい言い方しかできないの……？」

菊華は半眼になって呆《あき》れる。

くるくると景色が回るから、政宗だけがやけに鮮明に浮かび上がっていた。一心に見つめていると、彼は穏やかに笑みを深める。

「光影も、あなたの働きぶりを褒めていました。なかなかいい仕事をしているそうですね。以前から骨董鑑定の手解《てほど》きを受けていたとも聞きましたよ」

「言っておくけど、休憩の時だけだからね」

勤務時間内に怠けていたと勘違いされてはたまらない。

菊華が慌てて補足を入れると、政宗は頷き柔らかく目を細めた。

「報告をしている間、光影はどこか誇らしげですらありました。もちろん、俺も期待しています。――頑張ってくださいね」

はっきりと背中を押された。

光影や花子、辰巳ほどではないだろうが、政宗からの信頼を得ている。

やる気がみなぎり、菊華の口角は自然と上がっていた。

「任せなさい！　期待以上の働きをお見舞いしてやるわ！」

「だから何で喧嘩腰に」

足取りはさらに軽くなり、菊華は弾むように回った。

◇◆◇

それから一週間後、ようやくジェイデンから連絡が来た。

知り合いだという人物から許可を得られた、訪問日時が指定されたので迎えに行く、という内容だった。一週間も連絡がなかったので逃亡を疑っていたが、杞憂《きゆう》でよかった。

ジェイデンとの待ち合わせ場所は、テムズ川にかかるロンドン橋のたもと、キングウィリアムストリート。

航行の妨げとして取り壊された古いロンドン橋に代わってかけられたという、石造りのアーチ橋。開通したのは一八三一年で、元の橋があった位置からそれほど離れていない。

菊華はまず、尋常ではない交通量の多さに驚いていた。

歩行者はひしめき合い、馬車だって徐行せざるを得ないほどの混雑だ。こんなにも重みが加わったら、底が抜けやしないかと心配になる。

貿易船の下働き時代は毎日の労働で疲れきっていたし、安息日は骨董についてじっくり学べる至福の一日と解釈していた。

今思い返してみても、菊華は五年も英国にいながら、ロンドン橋を渡った経験が一度もなかったようだ。横濱《よこはま》も十分栄えた街だったけれど、やはりロンドンはすごい。

人波に流されないよう懸命にやり過ごしていると、目の前に馬車が停《と》まった。

紋章のない簡素な馬車の扉が開き、そこからひょいとジェイデンが顔を出す。

「やぁ。挨拶はあとにして、一先《ひとま》ず乗って」

先日と同様砕けた調子で促され、即座に従った。

彼が御者側の席についていたので、菊華は進行方向に向かった座席に座る。女性扱いされているようで落ち着かないが、身を寄せ合って座る趣味もない。

「本日はよろしくお願いします、ジェイデン様」

「……前も言おうと思っていたけど、そのとってつけたような敬語はやめていいよ。ちっとも敬われている気がしないし」

着席して早々、苦情を言われてしまった。

菊華はますますいい笑顔で返す。

「とんでもないことです。馬車まで手配していただきながら、横柄に振る舞うことなどできるはずがございません」

「急に今まで以上にかしこまらないでよ！」

本来の接客態度を披露しただけなのに、なぜかさらに怖がられている。腕までさするのはさすがに失礼ではないだろうか。

ジェイデンは居住まいを正すと、よそ行きの笑みを浮かべた。

「それに、馬車のことなら必要経費だから気にしないで。徒歩では見栄えが悪いのさ。何せ今から訪問するのは――貴族の邸宅《タウンハウス》なものでね」

知り合いというのは、やはり貴族だったらしい。

とはいえ、このタイミングで暴露をしたのは明らかに意地の悪い意図だろう。

無反応でいる菊華に、思惑の外れたジェイデンは首を傾《かし》げた。

「あれ？　驚かないのかい？」

「大体見当はついていましたから。それよりロンドン橋の交通量の方が驚きです」

ゆっくりと動き出した馬車から、少しずつ遠ざかっていくロンドン橋を眺める。今日だけでロンドン中の人が通るのではと思われるほどの混雑ぶりだ。

「あれ、通ったことがない？　そんな馬鹿な」

「あー、いつも宿舎と骨董店の往復で、それ以外はあまり外に出ないんで」

適当な言いわけに、ジェイデンは眉根を寄せた。

「タロー、まさか君……オーナーに虐《いじ》められているんじゃ……」

労働環境に問題があるのではという、大いなる誤解が生まれはじめていることに、飽きもせず車窓を眺める菊華は気付かなかった。


到着したのは、高級住宅地であるメイフェア。

政宗の邸宅はケンジントンにあるので、ハイドパークを挟んで結構な近所。直接向かった方が近いほどだ。

それでもこれがジェイデンの気遣いだと分かる。

ドレスを脱いで男装した菊華は、高級店で働いているとはいえ、どう考えてもケンジントンで暮らしているふうには見えない。

おそらくジェイデンは、一瞬だけ柄の悪さを覗《のぞ》かせた少年を、移民の多いイーストエンド住まいだと考えたのだろう。何も言わず、ロンドン橋のたもとを集合場所に選んだあたり、階級や人種に縛られない親切心を感じる。

ここは、エルズミア伯爵という人物の邸宅らしい。

多色装飾が特徴的な、ハイ・ヴィクトリアン様式の新しい建物。ホールの頭上は鉄骨製のアーケードになっており、テラコッタや多色のレンガで彩られている。そこに配された骨董は華美になりすぎない数で、主人のセンスのよさが窺《うかが》えた。

ジェイデンと並んで座るソファを、菊華はさりげなく観察する。

山吹色のシルクとたっぷりの詰め物がされたソファは、波打つような表現がされた背枠と渦巻き型の肘掛けが特徴的で、古代ローマの古典的様式を模したもの。最近流行《はや》りのネオクラシック様式というやつだ。

待たされている間も鑑賞に余念のない菊華に、ジェイデンが笑った。

「骨董だけじゃなく、現在の流行も好きなんだね。分かるよ。僕も綺麗《きれい》なものが好きで、だから家族に道楽だと顔をしかめられても、骨董商をやめられないんだ」

「そうでしょうね、うちのオーナーを見物に来るくらいですし」

「……あ。もしかして君が『東堂骨董店』で働く動機も？」

「一緒にしないでもらえますか」

菊華は仕事の顔に戻って、ジェイデンを見上げた。

「俺が何か粗相をしたらまずいんで、会話についてはジェイデン様にお任せしますね」

「君ほどそつのない子が粗相をするとは思えないけどね」

「俺の役どころは、ジェイデン様が雇っている下働き辺りが妥当でしょう。口を挟みませんので、うまく情報を引き出してくださいよ」

打ち合わせというか、全てを任せるという確認作業。

互いの役割さえ理解していれば問題ないと思ったのに、ジェイデンはなぜか不意を衝《つ》かれたように動きを止めた。そうして数秒後、目を輝かせながら手を叩《たた》く。

「いいね、それ。そうだよ、この場限りでなく、それを本当にしてしまえばいい」

「はい？」

「タロー。『東堂政宗』の美貌目当てじゃないようだし、君さえよかったら、僕のところで働かない？　今より高待遇を約束するよ」

突然勧誘され、菊華は面食らった。

まず、至れり尽くせりの生活をしているので、今より高待遇というのがあり得ない。

それでも、骨董店で働きはじめてまだ数ヶ月ほどで引き抜きとは。もしかしたら才能があるのかもと調子のいいことを考える。

引き抜きが冗談でも本気でも、菊華は自然と笑顔になっていた。

「ありがとうございます、ジェイデン様。お誘いはたいへん嬉《うれ》しいのですが、今のオーナーには多大なるご恩がありますので」

「出た、本音を誤魔化す時と相手を威嚇する時だけ現れる上品な言い回し。絶対に君なら貴族とも対等に渡り合えるよ。僕が保証する」

「褒め言葉と受け取らせていただきます」

くだらない応酬をしていると、ようやくエルズミア伯爵がやって来た。

「あぁ、かしこまらなくていい。楽にしたまえ」

「今日はお時間をいただきありがとうございます」

ジェイデンと共に立ち上がり、頭を下げる。

彼らは懇意にしているようで、敬称を呼び合うことはなかった。

もちろんエルズミア伯爵が下働きのために改めて名乗ることもないので、おまけの菊華は静かに彼らの会話を見守る。

すぐに用件に入らないというのも、貴族の優雅な嗜《たしな》みだ。

通常時は砕けた口調が目立つジェイデンも、相手に合わせ丁寧に応じている。こうして見ると、彼が貴族相手の商売を可能とするほど上流階級に通じていることがよく分かる。

「今後は、社会主義こそが政治の中心になり得るのではないかと考えます。社会福祉国家の実現を目指しているフェビアン協会に賛同する者は、知人にも多いです」

「やはりそうかね。産業革命からはじまった資本主義で我が国も驚くほど発展したが、貧困という格差を生み出してしまった。素晴らしい芸術が生まれるのもまた、進化の過程があってこそだが……あぁ、ジェイデン君は、骨董《こっとう》について何か話があるのだったね」

ひとしきり会話に興じたあと、ようやく話題が骨董に移った。

ジェイデンは頷《うなず》いて応じる。

「はい。以前お預かりしたものに関して気になることがありましたので、直接詳細をお聞きしたくお伺いいたしました」

「あぁ、あれか。あの磁器は『嫦娥図《じょうがず》』という作品名の水盤なのだが、私自身知人から買い取ったものだから、それ以上のことは知らないのだよ」

水盤というのは、生け花に使われる花器のこと。

なるほど。縁が高くなっていたのは水を張るためで、料理に使うためではなかったらしい。けれど、『嫦娥』という名称には聞き覚えがない。

「その知人というのは、財を成したアメリカ人だったのだが……」

エルズミア伯爵は顎髭《あごひげ》をしごきながら、ちらりと部屋の隅に視線を送った。

気配を消していた使用人達が心得たように退室していく。

続いて菊華の方に向きかけた視線を、ジェイデンが笑顔で遮る。

「ご安心ください。彼はこの年齢ながら骨董に精通しておりますし……何より、そういった類いのプロフェッショナルです。今回、伝手《つて》を頼って協力を要請しました」

黙って聞いていた菊華は、頬が引きつりそうになった。

そういった類いのプロフェッショナルというのは……つまりオカルト的なものか。

鑑定士を名乗るにも若すぎる菊華をこの場に留《とど》めるための、苦肉の策。確かに超常現象にまつわることなら、年齢で軽視されることもないだろう。

それは理解できるが、非常に胡散臭《うさんくさ》い肩書きを得てしまった。

オカルトも降霊会も、菊華からすれば暇を持て余した貴族の戯れにすぎないのに、口裏を合わせる方の身にもなってほしい。

しかも実際、骨董品の気配を感じ取れるという冗談のような偶然。皮肉か。

エルズミア伯爵は、感心したように眉を動かした。

「ほお……まだ若く見えるが、優秀なようだな？」

不本意とはいえ、オカルト担当として紹介されたからには腹を括《くく》るしかない。

菊華は営業用の笑みを作った。

「発言をお許しくださいますか、マイ・ロード？」

「許す」

「ありがとうございます。お褒めにあずかり、たいへん恐縮です。私は不思議な力を生かすため骨董店に勤めております、太郎と申します」

身分を明らかにすると、伯爵は怪訝《けげん》そうに眉を跳ね上げる。

「ふむ。降霊術を使えるなら、貴族の屋敷に招かれる機会が多いのではないかね？　わざわざ骨董店で働く必要はないように思うが」

「恐れながら、私に降霊術は使えません。私の能力は、器物の精を視《み》ることができるというもの。先日、件《くだん》の水盤を拝見させていただいた際にも、描かれた女性のさめざめと泣く姿が視えたのでございます」

「なっ……」

興味を引くための作り話を怖がられては元も子もない。

それっぽい説明でエルズミア伯爵の驚愕《きょうがく》を引き出したところで、菊華はすぐに安心材料を付け加えた。

「とはいえ、恐ろしいものではございません。仕事柄、荒ぶる精に遭遇することもございますが、磁器の波長はひどく穏やかでした。持ち主に危害を加えることはないでしょう」

まるで詐欺師にでもなった気分だが、もうこうなったらとことん演じきるしかない。ものすごい特殊能力があるという前提で話を進めていく。

「大切にされてきた器物には、想《おも》いが宿るとされております。あの作品も、とても愛されていたことが一目で分かりました」

「問題が発生するまでは、私も非常に気に入っていたのだがね……」

「お察しいたします」

伯爵が、もの思うように沈んだ表情を見せる。

あの中国磁器を心から大切にしていたのだろう。

だが、使用人達の訴えを無視し続けていれば信用問題にかかわる。

――いや……伯爵ほどの人物がここまで気にするなら、怖がっているのは使用人だけじゃないのかもしれない。

たとえば、噂《うわさ》が夫人の耳に入ったとか。

そうなると水盤を手放すしかなかっただろうが、いかにも未練がありそうだ。

これなら交渉の余地がある。

菊華はここぞとばかりに畳みかけた。

「きっとあの水盤も、大切にしてくれる方の下へ帰ることを望んでいるでしょう」

「それはもちろん、手元に戻したい気持ちはあるが……こればかりは……」

「それでしたら、問題を解決すればいかがでしょう?」

「解決、できるのかね?」

「これまでも、いくつかの器物のいわくを解決してまいりました」

どうせ偽りの身分なので、嘘《うそ》を重ねてもそれほど罪悪感はなかった。

むしろこれで、必ず怪奇現象を解決しなければならないと、自身の退路を断つ。

菊華は営業用の笑みを深めた。

「私は、不思議な現象が起こったという過去すら、付加価値になると思っております。水盤に描かれた女性が、夜な夜な涙をこぼすことがあった。実害がなければ、お茶会でも格好の話題となるのではないでしょうか？」

一部の貴族がオカルトを楽しんでいるのは事実だ。

幽霊といっても、英国人の感覚は日本人とは異なる。

恨みや怨念から、生きている人間に害をなすというのが日本の幽霊観。

対して英国人は、ただそこにいるだけで実害のない存在と考えている。この世に未練を残す幽霊の伝説自体は多く残っているが、まるで先住者のような扱いだ。

「『東堂骨董店』には、そういったものを求めるお客様も来店されます。とはいえ、欲しいからと巡り合えるものではありませんので、多くの場合ご希望に沿えないのですが」

需要の高さ、希少価値の高さはえてして、所有欲をくすぐるものだ。

エルズミア伯爵は意外そうに目を丸めると、呵々《かか》と笑い出した。

「これは驚いた、君は商売がうまい」

さすがに分かりやすかったらしく、伯爵が安易な話術に引っかかることはなかった。

それでもお気に召したようだ。

彼の瞳にはもう、菊華を軽んじる気配はない。

「タロー、君は『東堂骨董店』の従業員と言っていたね」

「はい。私の店のオーナーがジェイデン様と懇意にされておりまして、そのご縁で今回も協力させていただいております」

「そうか。ぜひ今度立ち寄らせていただこう」

「ご来店、心よりお待ち申し上げております、マイ・ロード」

盛り上がる二人をよそに、ジェイデンはそっと呟《つぶや》きを落とす。

「ちゃっかり自分の店の顧客にするとか、辣腕すぎない……？」

あまりに堂々たる受け答え、人を惹《ひ》きつける愛嬌《あいきょう》と賢さ。

菊華は、口がうまい自覚のあるジェイデンすら舌を巻くほどの話術を駆使し、たった一度きりの接見でエルズミア伯爵の信頼を勝ち取ってみせた。

「……やっぱりうちで働いてほしいよ、本当にぜひ」

すっかり蚊帳の外になってしまったジェイデンが、暇に飽かせて勧誘の言葉を口にするのも無理はなかった。

◇　◆　◇

「あの小娘、いわくつきの磁器について調べ回っているそうですね」

業務の連絡事項の合間に辰巳がこぼしたのは、不満の言葉。

政宗は万年筆を走らせる手を休め、執務机の前から動かない己の秘書を見上げた。

あの小娘、というのが菊華のことだというのは考えなくても分かる。

政宗の秘書は、未《いま》だに彼女を目の敵にしていた。

もはや意地なのだろう。それとも、彼女との舌戦に楽しみを見出《みいだ》しはじめているから、なおのこと引っ込みがつかないか。

辰巳はさらに言い募る。

「放置したままでよろしいのですか？　注意をすべきでは」

「必要ない。許可は出してある」

「偽の妻という役を引き受けた以上、あの小娘には全うする義務がある。にもかかわらず探偵の真似事《まねごと》など……遊び回るための口実としか思えません」

「遊び回るか……骨董品のためなら寝る間も惜しみそうだが」

長年捜索していた菊華を発見したのは、奇《く》しくも政宗が所有する船の上。

気付いてしばらくは様子を見守っていたが、彼女はいつも楽しそうに働いていた。

元華族令嬢にもかかわらず一人で生き抜いてきた、強さと逞《たくま》しさ。政宗の助けなんて必要としない姿に、新鮮な驚きと痛快さを感じたものだ。

彼女は昔から、ことごとく政宗の想像を覆す。

「……辰巳。お前は、奇跡を信じるか？」

問えば、辰巳は変な顔になった。

「書類との睨《にら》み合《あ》いが長時間続いたせいでしょうか……政宗様こそが、そういった類いの話を、率先して鼻で笑いそうなものですが……」

「失礼な男だな。俺はそこまで冷酷じゃない」

「病でも何でも、自覚がないのが一番恐ろしいと聞きます」

珍しくきっぱりと言い切られ、政宗は軽く笑った。

主人に絶大な信頼を寄せる辰巳だが、苦労の多かった十代の頃から付き合いがあるためか、忖度《そんたく》は一切しない。そういった点が気に入っていた。

幼い政宗は、母子家庭ゆえの貧しさの中で育った。

商船の下働きで家計を助けながら高等小学校に通っていた十三歳の頃、母が他界。人生に絶望し、しばらくは荒れた生活を送っていた。

彼女が目の前に現れたのは、そんな時。

持たざる者を見下す華族の少女。

それが、菊華の第一印象だった。


寒空の下、傷だらけで道端に座り込む政宗に差し出されたのは、縮緬《ちりめん》の手提げ。

憐《あわ》れみから、所持金を恵まれたのだと分かった。

『……施しなら、喜びそうなガキに渡せばいいだろう』

偽善的な行為に満足したい、高貴な少女の独りよがり。

だから、あくまで少女が満足できそうな回答をしたつもりだった。もっと小さな子どもなら、笑顔で受け取ってくれることだろう。

まぁ、下町で育った子どもが、純粋無垢《むく》な仮面の下にどんな顔を隠しているかまでは、言及しなかったが。

けれど、それを聞いた少女の劇的な変化といったら。

何のことはない。少女もまた、淑《しと》やかな華族令嬢という仮面の下に、本性を隠し持っていたのだ。政宗は見くびっていた。

ゆっくりと顔を上げる少女の苛烈な眼差《まなざ》しに射貫《いぬ》かれ、間抜けなことに体がすくんだ。

研ぎ澄まされた瞳に宿る高潔さ、ただならぬ迫力に圧倒された。

羞恥で頬がカッと熱くなった。

どれほど凶悪な大人とも対等に渡り合ってきたのに、何という無様な姿を。

しかし、そんな感情も忘れるくらい、彼女の剣幕は凄《すさ》まじかった。

飛び出してくる侮辱の数々。

あえて居丈高に振る舞って政宗を挑発したのだろうが——……。


「……今思い返しても腹立たしいのに、成り行きとはいえ今では俺の妻か」

何年経《た》っても、男のふりをしていても、あの小癪《こしゃく》な態度と苛烈な眼差しを間違えるはずがない。色褪《いろあ》せず、いつだって特別に際立って見える存在。

菊華の捜索をしていたのは、あの時の借りを返すためだった。捜し出し、必要とあらば保護をするつもりで。

男として生きようにも、数年後には難しくなる。宿舎だって決して安全ではない。

だから、菊華が女性として生きられるようになるまで。

信頼できる者達と良好な関係を築き、暮らしの目途が立つまで。

所詮この結婚は、それまでの形式的な繋《つな》がりだと考えていた。その日が来たら当然解消するはずの契約。

だが、最近少し困っている。

菊華との結婚生活が思いのほか楽しくて、心地よくて……少しずつ、手放しがたくなっていくのを感じていたから。

奇跡なんて、信じるに値しないものだと思っていたのに。

「奇跡でないなら——運命か」

「政宗様。奇跡だ運命だと耳触りのいい言葉を並べて、側《そば》にいるための理由付けを探しているようにしか見えませんが」

「……俺が？　まぁ、一緒にいて退屈しないのは事実だが……」

辰巳の思いもよらない指摘に戸惑う。

嘘からはじまった贋物《にせもの》の関係。

いずれ終わりが来ることは変えられないのに、何を身勝手な。

政宗は、瞑目《めいもく》して首を振った。

この思いを、不思議と心が温かい理由を、明確にしたって仕方ない。

せめて旅立ちの時は笑顔で見送ろう。

それが、奇跡のような時間をくれた菊華に贈ることのできる、政宗の誠意だった。

◇◆◇

清潔な白いクロスが敷かれたテーブルの上には、これでもかと料理が並んでいる。

ヤグルマギクが描かれた可愛《かわい》らしいティーセット、銀製のケーキスタンドにはスコーンやサンドイッチが宝石のように美しく配置されていた。

プディングや木苺《きいちご》のタルトまで用意されたテーブルの向こうでは、ジェイデンがニコニコと微笑《ほほえ》んでいる。菊華は男装をしているので、ケーキまで並ぶ男二人の席は周囲からどう見られているのか。

なぜか二人は、百貨店のレストランで食事を楽しんでいた。

――いや……本当になぜ？

先日の訪問でエルズミア伯爵から聞いたところによると、水盤の所有者だったアメリカ人の投資家は、株の暴落で負債を抱え、泣く泣く所蔵品を手放したのだという。

既に本人は邸宅《タウンハウス》を売り払って帰国している。他の所蔵品も、今後オークションに出される予定になっているとか。

コレクションの散逸には、大抵そういった悲しい出来事が絡んでいる。没落や一族の断絶の末に所蔵品整理の依頼を受けるというのも、骨董商《こっとうしょう》の仕事では残念ながらありがちだと、光影から聞いていた。

水盤の以前の所有者本人とは、面会が難しいことが分かった。

けれど伯爵は、アメリカ人男性の屋敷で働いていた使用人なら紹介できると話した。何でも元執事らしく、オークションに出品する目録の管理を任されているらしい。

今は、その使用人と待ち合わせをしているところだった。

そうして約束の時間よりずっと早くジェイデンに呼び出され——現状がこれだ。

豪華な食事を厚意、と片付けるにはあまりに怪しい。

長年の下働き経験のせいで、意図の見えない優しさを手放しに受け取ることはできなかった。何かの罠《わな》か、はたまた賄賂か。

菊華は、未だ対面の席でニコニコしている不審者を半眼で見据えた。

「……言っておきますけど、俺はこんなもので懐柔されませんよ。いきなり霊能力者扱いされたことは大きな貸し、簡単に帳消しになんてさせませんから」

「待って！　待ってよ、そんなつもりじゃないから安心して」

猜疑心《さいぎしん》に満ちた眼差しにようやく気付いたジェイデンは、慌てて否定する。動揺している点も怪しいと、菊華はますます目を細めた。

「突然打ち合わせにない役を振ったのは、悪かったよ。使用人達と一緒に君まで追い出されてしまったら、訪問した意味がないと思って咄嗟《とっさ》に……」

「咄嗟の機転が霊能力者って、滅茶苦茶《めちゃくちゃ》ですからね。俺が部屋を追い出されたとしても、あとから話の内容を教えてくれれば問題なかったんです」

「はい。すみませんでした」

あっさり頭を下げるジェイデンに、あの日の貴族然とした風格はない。

大いなる貸しを忘れるつもりは毛頭ないが、これ以上怒り続けるのは気が咎《とが》める。菊華は一つ頷《うなず》いて水に流した。

「まぁ、いいでしょう。エルズミア伯爵から変な噂《うわさ》が広がることがなければ」

「う。それが伏線とならないよう、今後の動向に気を配らせていただきます……」

しかし、と菊華は首を傾《かし》げる。

謝罪でないなら、ますますこの食事の意図が分からない。所狭しと並んでいる料理に視線を落としたあと、まだしょんぼりしているジェイデンに問いかける。

「俺、レストランって初めてなんです。ジェイデン様が嫌じゃないなら、一緒に食べてもいいでしょうか？」

彼はパッと顔を上げると、すぐに嬉《うれ》しそうに笑った。

「もちろん！　遠慮せずたくさん食べて」

失礼なたとえだが、反応が何だか犬のようで、菊華もつられて笑顔になっていた。

少し遅めのアフタヌーンティーがはじまる。

キュウリが挟まった薄いパンのサンドイッチは定番の料理だが、香草も入っているのか邸宅で食べるものとは一味違っていた。まだ温かいスコーンに甘いジャムとクロテッドクリームをたっぷり載せるのも、しっかり者の花子の目があればできない贅沢《ぜいたく》。

プディングやタルトまで堪能《たんのう》したのに、ジェイデンはさらに料理を勧めてくる。

「檸檬《レモン》のケーキや桃のゼリーもあるよ。もっと他のものを頼んだっていい」

「そんなに食べられませんよ」

「でも、それしか食べていないのに……遠慮しなくていいんだよ？」

十分な量を食べているのに何がおかしいのか……と考え、自分の格好に思い至った。

今の菊華は太郎の扮装《ふんそう》をしている。

食べ盛りの少年と思われているなら、遠慮と捉えられても不思議じゃない。

「本当に結構です。いつもこの程度なので」

満腹だと主張すれば、ジェイデンは途端に表情を曇らせた。

「やっぱり、君のところのオーナーって……」

やけに悲痛な面持ちで俯《うつむ》く彼をしり目に、菊華は悠々と紅茶を味わう。

まさか雇い主の虐待を疑われているなんて、邸宅でぬくぬくと過ごしている菊華は夢にも思わない。

給仕に皿を下げてもらってしばらくすると、ジェイデンが静かに口を開いた。

「分かるよ……どれほど辛《つら》くても、辛くなんかないって思いたい気持ち。実は僕もね、今の母親と……血が繋がっていないんだ」

何やら突然、身の上話がはじまってしまった。

菊華は目を瞬かせながら、窓の外の広場に立つ時計を確認する。

待ち合わせまでまだ時間はあるが、この話は長引かないだろうか。それとも、身の上話をさりげなく待ち合わせ相手に聞かせることこそが彼の作戦なのか。

内心混乱する菊華を置き去りに、ジェイデンは明るい空色の瞳を伏せた。

「父は、結婚していることを隠して、僕の実母と会っていたんだ。母は体の弱い人で、僕が七歳の頃に亡くなった。それを知った父が、身寄りのない子を憐《あわ》れんで引き取ってくれたんだけど……今の母や兄姉《きょうだい》は、複雑な気持ちだったと思うよ。僕だって家に居づらい」

愛人の子を自宅に引き取るとは、ジェイデンの父親はなかなかの性格をしている。当然妻子の同意を得ての行動だろうが、家庭内の軋轢《あつれき》にどこまで配慮できているのか。

難しい顔になった菊華を、ジェイデンは不思議そうに見つめた。

「あれ？　今までにない反応」

「あぁ、幼少期にお母様を亡くされたのは、もちろん悲しいことだと思いますよ」

「それはどうも。……あれ？　おかしいな。ここ、憐れむところじゃない？　これまでも複雑な家庭環境を打ち明ければ同情して、男女問わず心を開いてくれたものだけど」

首を傾げ続けるジェイデンに、菊華はスッと心の距離を取った。

いかにも憐れっぽく、複雑な出生を武器にするなど、やり口が汚い。

「へぇ。そうやって男女問わず口説き回っているんですね」

「あれ!?　違う違う誤解だからね!?」

立ち上がりかけたジェイデンだったが、「あの」と声をかけられそちらを振り向く。

四十代半ば頃の男性が、かしこまった様子で立っている。

「失礼ながら、お声がけさせていただきました。エルズミア伯爵と懇意になさっているという、骨董商の方でしょうか？」

元執事だという男性が、ようやく姿を見せた。

取り乱していたジェイデンは瞬時に取り繕い、場を仕切り直す。

椅子を勧め、男性の飲みものを注文し、改めて挨拶を交わした。

「初めまして。お忙しいところ時間を作っていただき、本当にありがとうございます」

「恐れ入ります。私自身、エルズミア伯爵にはお世話になっておりますので、お役に立てるのなら光栄なことです」

男性は、管財人としての役目を終えたあと、伯爵に次の働き口を紹介してもらうことになっているらしい。

口添えがあったのか、財産目録も持参してくれていた。

男性が開いたページを、ジェイデンと揃《そろ》って覗《のぞ》き込《こ》む。既に買い取られたものは文字の上から線が引かれているが、まだ読み取ることはできる。

『水盤　嫦娥図《じょうがず》　作者不詳』

中国磁器の項目には、それ以上の情報が書かれていない。

「作者不詳ですか。素晴らしいものなので、さぞ名のある職人の作品かと思いました」

「えぇ、ご主人様もいたく気に入っておられました」

「きっと目利きだったのでしょうね。私もお会いしてみたかったです。こちらの目録、もう少し拝見させていただいても？」

嬉しそうに頷く男性から、ジェイデンはどんどん情報を引き出していく。

下働きを演じている菊華は黙ってやり取りを見守っているだけなので、さすが男女問わず口説くのが特技なだけあると、つい嫌みなことを考えてしまう。

「あの水盤を大切にしていたなら、怪奇現象も愛好しておられたのでしょうね。ここにいる彼もそういった類いに詳しいので、お会いしていれば話が合ったでしょう」

「怪奇現象……ですか？」

楽しそうに相槌《あいづち》を打っていた男性が、ふと目を瞬かせる。

戸惑いすら交じる反応に、違和感を覚えた。

菊華とジェイデンの視線が一瞬だけ交錯する。

彼は不躾《ぶしつけ》な視線を隠すように、すぐさま笑顔を取り繕う。

「そういえば、お呼び立てした理由をまだお話ししておりませんでした。水盤について詳細をお尋ねしたかったのは、怪奇現象を解決してほしいという、エルズミア伯爵の依頼をお受けしたからなのですが」

固唾《の》を呑んで男性の反応を待つ。

どのような返答があるか、菊華達は薄々気が付いているのかもしれない。

男性は、不可解げに眉をひそめた。

「そんな……怪奇現象が起きたことなど、一度もございませんでしたが」

完全に調査が行き詰まってしまった。

日暮れ頃ケンジントンの邸宅に戻った菊華は、玄関扉が閉まった途端にため息をつく。

まさか、以前の所有者の下では、不可思議な現象自体起こっていなかったとは。

しかしよく考えれば、その可能性は十分にあったのだ。

いわくつきの骨董品は噂に事欠かない。

たとえば、持っていると不幸になる、次々に非業の死を遂げるというのもそうだ。

よいものであれ悪いものであれ、情報は流れてくるもの。

けれど、水盤にまつわるものは一度も耳にしたことがなかった。骨董業界に身を置く、菊華やジェイデンであっても……だ。

——まぁ、あの男は『今まで一度もその手の噂を聞いたことがない』って言っていたから、よっぽど仕事をしていないんだろうけど……。

怪奇現象が起きていなかった可能性に、もっと早く気付くべきだった。

こうなると、本当にエルズミア伯爵家で怪奇現象があったのかも怪しくなってくる。

夜にすすり泣きが聞こえるという情報自体が間違っていたのだろうか。それともエルズミア伯爵も把握していないところで、使用人達が共謀して嘘《うそ》をついているのか。陰謀論に飛躍して、伯爵を標的にした呪いの類いか。

いずれにしても、根本から考え直さねばならない。

肩を落とす菊華を出迎えた花子は、おろおろと目を丸めた。

「おかえりなさいませ、菊華様――まぁ、どうなさいました？　誰かにひどいことを言われたのですか？　意地悪でもされたのですか？」

小さな子どもでも心配するような彼女の言動に、菊華は頬を緩める。

おかげで多少気分が上向いた。

「ただいま、花子さん。意地悪されたら返り討ちにしてやるから、私は大丈夫よ。ただ、ちょっと疲れただけ」

「では、甘いものをご用意いたしましょうか？」

「いいえ。アフタヌーンティーで食べすぎちゃったから、むしろ夕食も入らないくらいなのよ。それより、書斎に中国関連の本はないかしら？　神話でも伝記でも何でもいいわ」

行き詰まってしまっても、まだ諦めたくない。

今度は磁器に描かれた図案について調べるつもりだった。

食事もいらないといえば、ますます深刻そうな顔をする花子だったが、菊華の質問には律儀に答えた。

「ございます。ただ、中国語で書かれたものですが」

「うぐ。……じゃあ、中国語の辞書も一緒に、私の部屋に届けてくれる？」

中国語は分からないので、調査の進捗はそれこそ亀の歩みとなるだろう。それでも菊華の中に読まないという選択肢はなかった。

これも全て骨董品《こっとうひん》のためだと思えば、苦にならない。

一人で自宅用のシンプルなドレスに着替えると、書き物机の上にはもう数冊の本が用意されていた。さすが花子は仕事が早い。

「ありがとう、花子さん」

「できることなら、着替えのお手伝いもさせていただきたいところですけれど」

「一人で生きてきたんだもの。フル・ドレスを着るなら人の手が必要になるけど、大抵のことは自分でできるわ」

軽口のつもりだったのに、なぜか花子の表情からは明るさが失われてしまった。

「一人で……菊華様ほど優しくか弱く可憐《かれん》な方が、男装をして、一人で健気《けなげ》に……」

「花子さん、大丈夫。私は下働き時代も結構幸せだったのよ」

そもそも、菊華のどこに優しくか弱く可憐な要素があるのか。

「いつも本当にありがとう。本を読む間、下がっていていいからね」

心配性な侍女長に手を振りながら、菊華は書き物机に座った。

花子が退室するのを見届け、翻訳作業に着手する。

まずは試しに、適当なページをめくってみる。日本では使われていない漢字も多数あってくらくらする。

それでも少しずつ読み進めていき、その内に菊華は没頭していく。

いわくつき骨董の調査が、こんなにも難しいとは思わなかった。

考えが甘かったのだろう。答えに近付くどころか振り出しに戻ってしまった。このまま徒労で終わる可能性だって出てきた。

――でも、ここで終わらせてたまるか。

夢のために骨董店で働きたいと願ったのは菊華の方なのに、それを放り出してあちこち調べ回っている。政宗や光影から期待の言葉をかけてもらった。

絶対に諦めるわけにはいかなかった。

集中する菊華の手元を、灯《あか》りがふわりと照らした。

いつの間にかずいぶん暗くなっていたらしく、気付けば文字も読みづらくなっている。

「お疲れさまです」

見上げると、政宗がキャンドルスタンドを持って立っていた。

使用人の役目なのに、なぜ彼が灯りを運んできたのだろう。仕事終わりで彼だって疲れているだろうに。

「あんたこそ……おかえりなさい」

ただ一般的な挨拶を口にしただけなのに、政宗は新鮮そうに目を瞬かせた。

「――はい。ただいま帰りました」

彼は笑みを浮かべると、銀のクロッシュをかぶせた皿をテーブルに置いた。中身はサンドイッチだという。

食事はいらないと言ったのに、花子が気を利かせてくれたらしい。やはり政宗が持ってきたことは解《げ》せないが。

「何でも自分で確かめないと気が済まないのでしょうが……骨董品のためであっても無理は禁物ですよ。くれぐれも、休息を忘れずにお願いします」

――あぁ、この人は……。

慣れない本と戦っている理由を、説明せずとも分かってくれる。

菊華は不意に、心がさざめくのを感じた。

一之宮家にいる時は、使用人どころか家族からも理解を得られなかった。

薄暗い収蔵庫、大事にされず埃《ほこり》をかぶった骨董達、使用人が放つ嘲笑交じりの言葉、心を折らんとする叔父の態度――思い出が次々と甦《よみがえ》る。

……幼い菊華の心を守ってくれたのは、骨董品だった。

唯一、骨董を通して母と繫《つな》がることができたから。

部屋に満ちる優しい空気のせいだろうか。

ずっと誰にも話すことのなかった本音を、なぜか打ち明ける気になっていた。

「私……実は怖かったのよ」

頼りないろうそくの灯りに、呟《つぶや》きが溶けて落ちた。

なぜ『一之宮華江』を捜すのか問われ、自分の目で確かめるためだと菊華は答えた。

噂《うわさ》の中ではひどいものだが、本当の母を知らない限り、会えずにいた理由だって分からない。だから消息を調べてほしいと。

「母のことが知りたい。だけど、知るのを先延ばしにしていたのも……本当」

娘を愛していない――冷たい噂が、心の真ん中にいつも暗い影を落とす。

菊華は、真実を知るのが怖かった。

だからどこかで逃げていたのだ。異国の地では調べようがないから、生きるだけで精いっぱいだからと、自分に言いわけをして。

けれどその状況を、政宗があっさり覆してしまったから。

菊華は当時の心境を思い出し、吹っ切るように笑った。

「それなのにあんたときたら、全然逃がしてくれないんだもの。こうなったら腹を決めて調べてもらうしかないじゃない」

こつりと、政宗の足音が背後に近付いた。

菊華が座る椅子の肘掛けに、作りものめいた綺麗《きれい》な手が置かれる。政宗が真上から、こちらを覗《のぞ》き込《こ》んでいた。

「――慰めが欲しいなら、うんと甘やかして差し上げましょうか？」

キャンドルスタンドを菊華から遠ざけるように持っているから、表情が陰になって確かめられない。けれど、きっと笑っているのだろうと感じた。

機嫌がよさそうに――酷薄そうに。

政宗の指先が顎に向かって伸びてくる。

それを菊華は、寸前で叩《たた》き落《お》とした。

「お生憎《あいにく》さま。甘い誘惑で私を試そうったって無駄よ」

油断ならない悪魔のような男だ。

もし彼の口車に乗っていたら、その瞬間、冷徹に見切りをつけられていたことだろう。彼に群がる女性達と変わらない、信頼に値しない人間だと。

理想の骨董店への融資を最終目標にしている菊華としては、非常に困るのだ。

「あんたが気にしているようだから、あの時言わなかった本音を語ったまで。弱音を吐く人間が、全員あんたの慰めを期待しているなんて思わないことね」

さすが、女性に言い寄られすぎて困っている人間は違う。

皮肉げに鼻を鳴らす菊華に、政宗は喉奥で忍び笑いを漏らす。

キャンドルスタンドが書き物机に置かれた。にわかに手元が明るくなり、腹の読めない政宗の笑みも鮮明に映し出される。

美しくありながらも不穏な――心にさざ波を立てる微笑《ほほえ》み。

「心外ですね。試すつもりなど少しもありませんが」

「よく言うわ」

そもそも落ち込んですらいない。

水盤の件も考えようで、以前は怪奇現象が起こらなかったというのも、ある意味では手がかりになる。要は、その条件さえ解明してしまえばいいのだ。

軽口を叩く内に調子が戻ってきた菊華は、両手でこぶしを握った。

「よし、やる気出た！　この程度の困難、高笑いして立ち向かってやるわ！　話を聞いてくれてありがとう、政宗！」

一応人としての義理でお礼を口にすると、間近にあった余裕の笑みが消えた。

不意打ちを食らったように目を丸くする彼は非常に珍しい。

「何、あんた。どうしたの？」

「その……いえ、問題ありません。そんなことより、中国のことなら辰巳に訊《き》くといいですよ。あの男は生まれも育ちも中国なので」

「えぇ!?　それを早く言いなさいよ、馬鹿！」

水盤に描かれている図案について、何かいい情報を聞けるかもしれない。

突然もたらされた光明に、菊華は慌てて自室を飛び出した。

だから、部屋に残った政宗が、長い長いため息をついているなど知るよしもない。

◇◆◇

一時は暗礁に乗り上げたかに思われたが、そこからの展開はあっという間だった。

日本名を名乗っているが、両親共に中国人。成人してから日本に渡り、当時まだ学生の政宗と出会ったという生粋の中国人である辰巳は、嫌そうにしながらも教えてくれた。

彼によると、『嫦娥《じょうが》』とは中国の女神らしい。

中秋節という、日本でいうところのお月見の際にお祀《まつ》りする、月の女神。

水盤に描かれていた天女のような女性が『嫦娥』で、うさぎが何羽《わ》もいたのは、彼らが月で不老不死の霊薬を作っているという伝説からでは、とのことだった。

菊華が今日も真面目に『東堂骨董店』で働いていると、客の切れ間にジェイデンがやって来た。そうして突然、熱い抱擁を受ける。

「ありがとう、タロー！　全て君のおかげだよ！」

「ジェイデン様、営業妨害になりますのでお帰りください」

「出会い頭にひどい！　お客なんて一人もいないのに！」

「どっちがひどいんですか、その言い草」

確かに客足は途切れているが、閑古鳥が鳴くかのような表現は侮辱だ。

ジェイデンをぞんざいに追い返そうとする菊華を見かね、光影が助け船を出した。

「太郎、休憩に行っていいですよ。彼も話したいことがあるでしょうし」

「おじい……じゃなかった、店長、優しすぎですよ。この人、同業者ってことを隠して水盤を押し付けようとした前科があるから、つけ上がらせると厄介です」

怪奇現象が苦手だというし、今後も手に負えない骨董《こっとう》を預かれば、すぐ『東堂骨董店』に持ち込みそうだ。甘い顔はしない方がいい。

「太郎、同業者だからこそ助け合うんですよ」

「えー。嫌ですけど、一応報告は聞いておきたいので休憩に行ってきます」

店で預かっていた水盤は、既にジェイデンに返却している。

彼が来たということは進展があったのだろうと、光影に甘え休憩をもらうことにした。なぜか光影に疑いの眼差《まなざ》しを向けるジェイデンを引きずり、店の外へ出る。

曇りの日が多いロンドンだが、今日は久しぶりに晴天が覗いていた。

リージェントストリートには宝石やドレスなどを扱う富裕層向けの店が並んでいるけれど、ウェストエンド自体は庶民の暮らしにも根差した街だ。一本横道に逸《そ》れると、たくさんの人が行き交っている。

しばらく石畳の道をあてもなく歩いていると、ジェイデンが静かに切り出した。

「改めて、本当にありがとう。君の言う通りにしてみたところ、すすり泣くような声がぴたりと止《や》んだらしい。エルズミア伯爵もいたく感謝していた」

エルズミア伯爵の手元に戻った水盤に、問題は起きていないらしい。

しばらくは使用人から怯《おび》えられるだろうが、もう苦情が上がることはないので、いずれは大切に扱われるようになるだろう。

「それはよかったんですが、伝聞形ということは、自分で確認しなかったんですか？」

「だ、だってやっぱり怖いじゃないか。君が確認したなら大丈夫だろうと思って……」

もごもごと言いわけをするジェイデンに、菊華は厳しい眼差しを送る。

彼は検証さえせず、エルズミア伯爵に水盤を返却したと。何と適当な仕事か。

菊華など検証に三日、念には念を入れた最終確認に十日という時を費やし、政宗達にも何かと迷惑をかけたというのに。

「……伯爵にあなたの杜撰《ずさん》な仕事ぶりを話したら、間違いなく顧客を失うでしょうね」

「お、おいしいものを食べよう！　ほら、あっちの行列、今話題のパイ屋だよ！」

ジェイデンに引きずられながら、菊華は美しい中国磁器を思い出していた。

エルズミア伯爵の邸宅《タウンハウス》では『嫦娥』がすすり泣き、アメリカ人投資家の下では何も起こらなかった理由。

菊華は辰巳の話を聞き、それは飾り方にあるのではないかと考えた。

重要なのは、月だったのだ。

辰巳によれば『嫦娥』もうさぎも月に棲《す》むのだという。

水盤は花を活《い》けるもの。

そして花器は、水を底面に溜《た》めて使用するものだ。

最初の実験ではただ花を活けてみたのだが、それでもすすり泣きがなくなることはなかった。そこで菊華は、水盤を窓辺に置いてみたのだ。

底面に溜まった水に、月が映るように。

するとその日から、怪奇現象は一切起こらなくなった。すすり泣きが夜に限定されていたのも、『嫦娥』が月を恋しがっていたからだと考えれば辻褄《つじつま》が合う。

おそらくアメリカ人投資家は、正しく花を活けて飾っていたのではないだろうか。対してエルズミア伯爵は、骨董として大切に暗所へ保管していた。

さめざめと泣く女性の姿が視《み》えるという話もあったけれど、菊華の検証中は泣き声が聞こえるばかりで一度として現れなかった『嫦娥』。

けれどすすり泣きが消えてからは、気配が温かなものに変わった。騒がしくさえ感じたのは、周囲を飛び跳ねるうさぎ達の歓喜だろうか。

『嫦娥』も、もう泣いていないのだ。

「……あと一度だけ、ゆっくり眺めてみたかったですね」

自身の持ちものではないため仕方のないことだけれど、それだけが唯一の心残り。

光を透過する純白の磁器の、艶やかな質感。

東洋の図絵は陰影を描き込まない代わりに、筆で濃淡を表現するのだ。

無駄な描線の一切を排し、流麗な筆致で描かれた『嫦娥』。単一の線でありながら不足を感じさせない、あの味わい深さ。

菊華の呟《つぶや》きを聞いたジェイデンが、やや性急に身を乗り出した。

「それなら、エルズミア伯爵にお願いしてみようか？　あ、それか他の中国磁器を見繕おうか。『東堂骨董店』では扱っていないんだろう？」

「そこまでしていただかなくて大丈夫ですよ」

「じゃ、じゃあ、やっぱりうちで働いてみない？　前にも言ったけど給金は弾むし、休みだって今のところより増やしてあげられるし、君のところのオーナーよりも、絶対に大事にしてみせるし……」

「名ばかりオーナーがどの口で。というか、いいって言っているのにどうしました？」

なぜそこまで熱心に勧誘するのか分からない。

どこか焦っているようでもあるジェイデンの横顔を、じっと見つめる。

すると、彼は消え入りそうな声で白状した。

「君と、このまま会えなくなるのが……寂しくて。タローはやり手で、誰が相手でも全然物怖《ものお》じしなくて、すごく格好いい。もっと一緒にいたいし、働いてみたい」

何だ、そんなことか。

ジェイデンとは、いわくつき骨董の調査のために協力関係を結んだ。問題が解決すれば会う理由がなくなるからと、それで懸命に口実を作ろうとしていたらしい。

しょんぼりと落ち込む様子に心が和んで、菊華は思わず笑ってしまった。

「さすが、口説き上手ですね」

頑《かたく》なに目を合わせたがらなかったジェイデンが、こちらに恨めしげな視線を向ける。

「茶化さないでよ、本気なのに」

彼はすっかりいじけてしまった。

やっぱり大きな犬にしか見えなくて、菊華は声を上げて笑った。ジェイデンが珍しそうに、こちらをまじまじと眺める様子すらおかしい。

何とか笑いを収めた菊華は視線を合わせると、彼の肩を軽く叩《たた》いた。

「ジェイデン様のところで働くのは無理でも、繋《つな》がりなんてものはいくらでも作れるでしょう。たとえば友人、とかね」

言葉の意味を理解する内、ジェイデンの表情がみるみる明るくなっていく。

そうして体当たりのような勢いでぶつかってきて、乱暴に肩を組まれた。

「あー、君はやっぱり最高だね、タロー！　いや……太郎、かな？　僕のことも呼び捨てにしていいからね！」

「その感じ鬱陶しいからやめてください、ジェイデン様」

「ひどいな！」

話題というパイ屋で買った、牛肉と牛の腎臓がたっぷり入ったキドニーパイの味について、二人は色々と言い合いながら食べた。

そのまま別れたジェイデンと、菊華は思いがけない場所で再会することになる。

◇◆◇

おそらく、ほんの少しも反応すべきではなかったのだ。

何度か顔を合わせる中ですっかり人となりを知ったと思っていたので、上流階級として社交に興じる彼が心底意外で、僅かだけ目を見開いてしまった。

その際、しっかり視線がぶつかったのが運の尽き。

とはいえそれも誤差の範囲。挙動にぎこちなさはなかったはず。

そう思っていたのに、さりげなく距離を取ろうとした菊華の前に、彼が素早く回り込んできた。駄目だ。一瞬でばれた。

以前の演奏会で親交を持つようになった、アーバスノット子爵夫人が開いたお茶会。政宗子爵は商売もしているので、付き合いのある商人も何名か招待されていたらしい。政宗もその内の一人だ。

菊華はもちろん、彼の妻として参加していた。

パールグレーに空の青を溶かし込んだような、タフタのドレス。上品な光沢で、癖のない黒髪にもよく映えていた。少女のような短さを誤魔化すために髪を編み込み、今日は顎ひものないハットをかぶっている。胸元を飾るのはもらったばかりのネックレス。

太郎が連想されることはないはずの、完璧な武装。

それなのにジェイデンは目の前に立ち、驚愕《きょうがく》に満ちた表情でこちらを凝視している。

菊華は冷や汗が止まらなかった。

見抜かれている。これはもう、完全に。

奇妙な緊張感の中、にこやかに微笑《ほほえ》んだのはアーバスノット子爵夫人だった。

「あら。こちらのお二方をご紹介しようと思っていたけれど、もしかしてもうお知り合いだったかしら？」

上品に小首を傾《かし》げる夫人が窺《うかが》っているのは、ジェイデンだ。

紹介というのは原則として、身分の低い者から高い者へ向けて行うものだと、エチケット・ブックにはあった。仲介者は必ず、身分が高い者の意向を確認すると。

ジェイデンは、貴族らしい腹の読めない笑みで答えた。

「お気遣いありがとうございます。ぜひご紹介ください、レディ・アーバスノット」

「えぇ。同業者で年回りも同じくらいだから、きっと親しくなれると思っていたの。こちらは『東堂骨董店』のオーナーである東堂政宗さん、そして奥方の菊華さんよ」

ジェイデンが中流階級出身だろうという予想は、大間違いだったのだ。

これまで彼に働いてきた数々の無礼が頭の中を占め、菊華は果てしない混乱に陥っていた。逃げたい。しらを切りたい。

アーバスノット子爵夫人の視線が、今度は菊華達に向いた。

「こちらは、ジェイデン・ノースさん。ギルフォード伯爵の三男でいらっしゃるの」

……さらに、ジェイデンが伯爵家の血筋だと判明してしまった。

彼はにこやかに手を差し出す。

「初めまして。東堂さん、そして東堂夫人」

「初めまして。お会いできて光栄です、サー」

政宗とジェイデンが、にこやかに握手を交わした。

輝く笑みも、やけに強調された『初めまして』も、菊華にとっては忍び寄る破滅への足音に近い。もうできることといえば、精一杯誠意を込めて謝罪するくらいだ。

アーバスノット子爵夫人が去っていくと、政宗とジェイデンが同時に口を開いた。

「どういうことです?」

「ねぇ、どういうこと?」

身分詐称を糾弾されるかと思いきや、ジェイデンは興味津々といった様子で顔を寄せてくる。張り合うように政宗まで。

「菊華。社交界でも有名なこの遊び人と、いつ知り合ったんですか?」

「本当は菊華っていうの? 強くて凛《りん》とした君に相応《ふさわ》しい、美しい名前だね」

「流れるように妻を口説かないでいただけますか?」

「――は、話すわよ。ちゃんと話すから少し落ち着いて」

両者の勢いに圧《お》されつつも、菊華は謝意を込めて事情を打ち明けた。

政宗の女除《おんなよ》けなどを目的として、偽装結婚をしていること。社交界で問題視されることを恐れ、素性を隠して『東堂骨董店《こっとうてん》』で働いていること。その折にジェイデンがいわくつきの中国磁器を持ち込んだところまで。

事情を聞き終えた両者の反応は対照的だった。

政宗は苛立《いらだ》たしげに頭を抱え、ジェイデンは実に楽しそうに瞳をキラキラさせている。

「同業者の協力を得て調査をしているとは聞いていましたが、まさかこの男とは……骨董商と聞いていたから、もっと高齢の人物だとばかり……」

「なるほど。君はいい職場で働けているんだね。色々不安があったけど、全部僕の勘違いだったなら一安心だよ。それにしても、偽装結婚かぁ。羨ましくなるような理由だけれど、確かに男の僕でも惚《ほ》れ惚《ぼ》れとする美貌だもんね。実に芸術的だ」

「分かります」

「分からないでください」

つい真顔で同意した菊華に、政宗の素早い叱責が飛んだ。本当につい。

菊華は表情を改めると、ジェイデンに向き直った。

「私が骨董店で働いているのは、自分の夢を叶《かな》えるためです。だから、誰にも秘密にしていただけると、嬉《うれ》しいのですが……」

俯《うつむ》きながらも、彼の反応を窺うように視線を上げる。

言いふらしたところでジェイデンに利益はないけれど、だからといって黙っている義理もない。菊華に提示できる見返りがあれば取引になるのだが。

「……あ。黙っていてもらう代わりに、ごく私的な場での政宗様の日常を教えられます」

「取引成立だね」

「勝手に俺のプライベートを切り売りしないでください」

交渉成立の握手が交わされる前に、政宗が菊華の手を引き取った。

「そもそも、成人男性の怠惰な日常を知って何の得がありますか？」

「えー、気だるげな君を妄想するだけで捗《はかど》るけど。やっぱりシャツの釦《ボタン》は一、二個外しているのかい？　普段の禁欲的な雰囲気から一転、溢《あふ》れ出《だ》す色気が止まらないね！」

「興奮するな気持ちが悪い」

剣呑《けんのん》な視線を向けられても、ジェイデンはむしろ生き生きと笑うばかり。

さすが、菊華と同じく筋金入りだ。

政宗が貴族相手に敬語を外すなんて、普段の慇懃《いんぎん》な態度を知っている菊華には信じられない。案外この二人、仲よくなれるのではないだろうか。

内心驚いていると、ジェイデンは笑顔のまま菊華を振り返った。

「というのは冗談で、君のお願いなら見返りがなくても秘密にするよ。事情があってのことだし、はじめから言いふらすつもりもなかったし。太郎……いや、菊華とも、店で働いている方が気軽に会えるだろうしね」

「本当？　ありがとう……」

安堵《あんど》に胸を撫《な》で下《お》ろすも束《つか》の間《ま》、政宗が二人の会話に強引に割り込んだ。

「だから、流れるように俺の妻を口説かないでもらえますか？」

菊華を背中で隠す彼に、ジェイデンは肩をすくめた。

「でも、偽装結婚だろう？」

「夫がいると分かっていて近付けば、さらにあなたの悪評が立つのでは？」

「君も知っての通り、既に評判は悪いから問題ないよ。僕の心配までしてくれてありがとう、期間限定の夫君？」

政宗とジェイデンはあくまで笑い合っている。

にこやかなのに、何やら薄ら寒い。

なぜこうなったのか、菊華は非常に頭が痛かった。

第三話　根付に宿る記憶

六月に入っても、ロンドンはまだまだ社交期《シーズン》の真《ま》っ只中《ただなか》だ。

正餐会《せいさんかい》の会場であるノース家の邸宅《タウンハウス》は、実に華やかな装いだった。

きらめく豪奢《ごうしゃ》なシャンデリア、額装から芸術的な絵画、美術品のような調度の数々。

けれど華やかな装いという表現は、室内装飾に止《とど》まらない。

着飾った男女もまた、邸内の雰囲気を絢爛豪華《けんらんごうか》に高める一助となっていた。

菊華《きっか》も今日は徹底的に仕上げている。

デミ・トワレットとも呼ばれる正餐用のドレスは、品のいいラベンダーモーブ。

ほどほどに襟ぐりの開いたデザインで、縁を銀糸のレースで飾っている。袖は七分、手袋もそれに合わせた長さだ。

淡いピンク色のコンクパールを繊細に繋《つな》いだネックレスと、ムーンストーンとダイヤモンド、ルビーでヴィオラの花びらを模したブローチは、共に政宗《まさむね》から贈られたもの。ちなみにヴィオラの花言葉は誠実、信頼、忠実だ。

政宗の方も夜の正装として、ドレス・コートを着用している。ウェストコートはチャコールグレーで、細い縦縞《たてじま》が入っている。それでも際立って美しく見えるのだからさすがだ。男性の装いは女性に比べて種類が多くなく、首元を飾るのは定番の白いタイ。

正餐会。それは社交の中でも、最も格式が高い催し。

招待されるだけでも非常に栄誉なことなので、菊華も政宗も気合が入って当然だった。

クロークルームから応接間へと案内されている間も、興奮が抑えきれない菊華は政宗へ密《ひそ》やかに話しかける。

「正餐会に招待されるって、主催者に対等であると認められたって意味なんでしょ？　これって、社交界で盤石な地位を得たことになるわよね」

まだ社交界の最上位とはいかないまでも、彼の立ち位置は向上した。女除けの方はともかく、少しは目標に近付けたのではないだろうか。

それは、正餐会に招待された名誉より何より、菊華にとって喜ばしいことだった。契約を満了できる日も近いかもしれない。

それなのに政宗は、菊華の期待を鼻先であしらった。

「そうはいっても、ノース家です。あの男が一枚噛《か》んでいるに決まっています」

主催者のギルフォード伯爵夫人は、ジェイデンの義母だ。

菊華は伯爵夫人と面識がないので、ジェイデンの口利きはあったかもしれない。けれど名誉は名誉なのに、政宗は少しも同調してくれない。

応接間の扉の前で立ち止まると、男性使用人が高らかな声で菊華達の到着を告げた。

エチケット通り、女性である菊華から入室する。

未《いま》だにエチケットに対する苦手意識はあるが、以前よりは慣れてきた。まだるっこしいと投げ出したくなる回数が減ったので、今ならきっと実のない会話も笑顔でやり過ごすことができるはずだ。

まずは、主催者であるギルフォード伯爵夫妻の下へ向かう。

ギルフォード伯爵夫妻は、成人した子どもがいるとは思えないほどの若々しさだった。特に夫人は加齢による衰えなど一切感じられず、落ち着いたボルドーのドレスがしっとりとした魅力を存分に引き出していた。

儀礼的に握手を交わしたギルフォード伯爵は談笑の輪に戻っていったが、伯爵夫人は思いがけず、こぼれるように微笑《ほほえ》んで口を開いた。

「本当にお二人共、美術品のような美しさね。ジェイデンから飽きるほど聞かされているし、噂《うわさ》にも聞いていたけれど、これほどまでとは思わなかったわ」

噂になるほどの美貌を持つのは政宗のみだが、菊華に恥をかかせない如才のなさは、正餐会を主催するだけある巧みさだ。

正餐会で采配を振るうのも、招待客を決めるのも女主人の役割。

ジェイデンから複雑な家庭環境だと聞いていたけれど、ギルフォード伯爵夫人の口振りや今日の招待から、親子の仲は良好であると分かった。どうりで本人に悲愴感《ひそうかん》がない。

「今日の集まりを存分に楽しんでいらしてね。あぁ、政宗さん。あちらにいらっしゃるトラスデン伯爵令嬢をご紹介させて」

ギルフォード伯爵夫人が、さりげなく政宗を誘導していく。

菊華はその意図を明確にくみ取った。

正餐会を洗練された集まりにするのは、主催者の腕の見せどころ。

政治家や、海外赴任中で面白い逸話を披露できる外交官、機知に富んだ美しい女性、今をときめく芸術家など、人脈と社交術が重要になってくる。

そして、事前に家系や称号などを調べておいた招待客達を、序列に沿っていかに絶妙に組み合わせるかも、女主人の大切な仕事だった。

たとえ家族単位で招待されていても、夫婦や親子、兄妹《きょうだい》の組み合わせはなるべく避け、地位が同じくらいの男女でペアにしていくのだ。

「こんばんは、菊華。いつも綺麗《きれい》だけれど、今日は女神も嫉妬するほど輝いているね」

政宗に代わり菊華のペアとしてやって来たのは、ジェイデンだった。

この辺り、非常に作為的なものを感じる。

菊華と彼がペアになることは、本来の序列的にあり得ない。それは伯爵令嬢と組んだ政宗も同様で、一体どんな力が働いたのか。

「……ごきげんよう。ジェイデン様にエスコートしていただけるなんて、光栄です」

「うわ出た、本音を誤魔化す時と相手を威嚇する時にしか現れない、他人行儀な態度」

「正餐会の席ですもの。むしろ何か不都合が？」

くだらない応酬で微笑み交わしている間にも、招待客は続々と集まっていた。

応接間に執事が姿を現し、正餐の支度が整ったことを告げる。

ギルフォード伯爵と最も地位の高い女性客がペアになり、応接間を出ていく。それを皮切りに、正餐室に向かう男女のペアの行進がはじまった。

行進の一部となりながら、菊華は素早く囁《ささや》く。

「何にしても、ギルフォード伯爵夫人とあなたの仲が良好そうで安心しました」

「気にしてくれていたんだね。同情は買えなかったけど、今日の正餐会で君の心配を晴らすことができてよかった」

ジェイデンが片目をつぶって笑うから、あざといのか優しいのか判断に迷う。というかそもそも同情を引き出そうと画策した元凶は彼だったか。

正餐室の長いテーブルに、男女交互に席に着いていく。

テーブルは、ロシア式給仕法に則《のっと》ったテーブルセッティングがなされていた。中央には花とフルーツが飾られているだけで、これからコースごとに一皿ずつ料理が運ばれてくるのだ。あらかじめナイフやフォーク、グラスなども並べられている。

菊華は手袋を外して膝に置くと、自身の皿のナプキンを広げその上からかけた。

邸宅のコックが作る料理もおいしいが、伯爵家の食事はどれほどのものだろうと期待値が高い。若い女性というだけで食べるものが限定されているのが心から惜しかった。

英国の貴族社会では暗黙の了解で、若い女性は『透明または白っぽいもの、あっさりしたもの、熟成されていない若いもの』を食べるのが普通だとされている。

邸宅ではマトンだって牡蠣《かき》だって供されているし、おいしいと思った料理をおかわりもしているので、菊華はとても驚いたものだ。

まず運ばれてきたスープは澄んだコンソメで、賽《さい》の目状《めじょう》に刻まれた野菜や卵が入っていた。上品な味わいで、次の料理がさらに楽しみになる。

「おいしいですわ、このスープ」

「君が気に入ってくれてよかった。うちに来ればいつでも食べられるよ」

女性に求められる食事の基準はあっても、健康的な食欲を尊重する者もいる。

ジェイデンの口振りからすると、食欲を見せる女性を嫌う男性ではないようだ。

「もし私が、メインディッシュの前に出されるアントレまで食べようとしたら、ジェイデン様に幻滅されてしまうかしら？」

結婚しているため、本来ならどう見られるかを心配する必要はないのだが、政宗の社交界での評判に傷を付けても困る。

確認のための問いに、ジェイデンは小さく笑った。

「個人的には、女性がたくさん食べたって構わないと思うよ。何をどのくらい食べようと自由なはずなのに、おかしなものだよね」

「そう言ってくださると嬉《うれ》しいです」

「僕はそんなことより、君の他人行儀な態度の方が気になるなぁ。呼び捨てで構わないと言ったのに、菊華が控えめで上品だと調子が狂うよ」

「あら、政宗様に誤解されたら困りますもの」

政宗の名前が出れば、俄然《がぜん》盛り上がった。

元々、美しいものが好きな二人の趣味は合う。

骨董商《こっとうしょう》として社交界にコネクションをもつ彼は商売敵なので、関係性が複雑だ。男装で働いていることも知られているし。

それでも、美しいものについて語り合えるジェイデンとの会話は心から楽しめた。

「あの方の物腰は穏やかですけれど、時折荒々しい本性が垣間見《かいまみ》えます。粗野な態度というのは本来欠点となるはずなのに、不思議と魅力に感じられて」

「分かるなぁ。彼の美しさときたら、一度見たら心に焼き付いて離れないよね。黒曜石のように硬質でありながら、柔らかな輝きを放っているというか」

「えぇ、えぇ。男性はあまり華やかに装うことができないので、もったいなく……」

「いや、むしろだからこそ輝きが際立つのであって……」

もちろん全て、政宗の美貌についての語らいである。

これまで一人で堪能《たんのう》するばかりで、彼の美しさを共有できる者がいなかった。ジェイデンという理解者が現れて本当に嬉しい。

会話が弾めば、時間はあっという間に過ぎていく。

アントレで饗《きょう》された希少な仔牛《こうし》の胸肉も、メインディッシュの七面鳥の姿焼きも、ワイン・ゼリーやベイクウェル・プディングといったスイーツも素晴らしい味わいだったけれど、菊華の美しいものへの愛情には敵《かな》わないのだ。

夢中になっていると、不意に強い視線を感じた。

顔を向けた先には当の政宗がいるけれど、目が合わない。

彼はペアの令嬢を見つめ、熱心に商売をしていた。社交をしつつ商品を売り込む手腕は見事としか言いようがない。

令嬢はすっかり熱を上げているようだった。あのように、妻の存在などものともしない猛者もいるので、菊華達の契約満了日は遠そうだ。

視線自体、気のせいだったのだろうか。

内心首を傾《かし》げるも、女主人であるギルフォード伯爵夫人が立ち上がったので、菊華達女性陣は移動の時間となった。男性達を残し応接間へと向かうのだ。

またあとで、とジェイデンに告げ、菊華も立ち上がる。

たまたま出入り口に近かった政宗が、紳士らしく扉を開けて押さえている。

その横を通り過ぎようとした時、彼は耳元で素早く囁いた。

『――浮気者』

……咄嗟《とっさ》に足を止めなかった自分を褒めたい。

何食わぬ顔を装いながらも、菊華の内心は混乱を極めていた。

久しぶりに聞いた日本語の響き。

誰にも伝わらないと分かっていて、夫婦のふりをする意味はあるのだろうか。

そう問《と》い質《ただ》したいのに、彼の吐息を感じた耳が熱くて、言葉にならなかった。

◇　◆　◇

政宗は、幾分胸の空《す》く思いで忍び笑いを漏らす。

他の男と楽しそうにしていたことに対する、ささやかな腹いせ。

本人は動揺を隠し通せたと思っているようだが、耳の先が僅かに赤くなっていた。本当に、懐かない猫を相手にしているようで面白い。

邸宅《タウンハウス》に帰ればきっと文句を言われるだろうが、少しくらいは許されるだろう。一応政宗達には夫婦という名分があるのだから。

女性陣が出ていくと、ここからは男性だけの社交の時間。ワインと煙草《たばこ》を楽しみながら政治やスポーツの話をするのだ。

けれど政宗の目的はそれじゃない。

上品な笑みを張り付けたまま、ジェイデンの向かいに腰を下ろした。

「私の妻と、ずいぶん話が弾んでおりましたね。一体何を話していたのですか？」

正餐会《せいさんかい》に招待されたことといい、意図が見えない。

菊華はある程度気を許しているようだが、政宗からすればジェイデンなど胡散臭《うさんくさ》いことこの上なく、今日ははじめから探りを入れるつもりで赴いたのだ。

「このような集まりにご招待いただいたことも、たいへん光栄に思っております。ジェイデン様のお口添えがなければ難しかったことでしょう」

ギルフォード伯爵夫人へのとりなしがあったことは、ほとんど確信している。

まだ社交界での知人も多いとはいえないし、何よりギルフォード伯爵夫人と顔を合わせたのは、菊華だけでなく政宗すら、今日が初めてだったのだから。

どれほど不審でも、正餐会の招待は特別な理由でもない限り断ることはできない。そのためこうして従う他なかったのだが。

「今日の招待は、君が無視できないほどの影響力をつけた証拠じゃないかな」

ジェイデンは悪びれた様子もなく答える。

やけに協力的で気味が悪いと、あけすけに罵れたらどんなに気分がいいだろう。

「菊華といい、君たちはつれないね。急に改まった口調になるんだから」

「前回は、お優しいジェイデン様に甘えてしまいました」

「そうだね、僕は優しい男だよ。だから正餐会に君達を招待してもらえるよう手配した。君の目的が達成されれば菊華は晴れてお役御免。大手を振って口説けるしね」

やはりそれが狙いだったかと、政宗は内心で苦虫を嚙《か》み潰《つぶ》す。

同時に、彼らが親しくすることになぜこうも苛立《いらだ》つのか、自分でも不可解だった。

「前にも注意させていただきましたが、私の妻を誑《たぶら》かさないでくださいますか」

「まさか！　君達に誑かされているのは僕の方だよ！」

「なお悪いですね」

君達という括《くく》りも気色が悪いけれど、ここまでの遊び人とは思わなかった。噂通《うわさどお》りの軽薄さに笑みを保つのが難しい。

こめかみが引きつる政宗をしり目に、ジェイデンは気ままに話し続ける。

「僕ってこの通り人当たりがいいから、誰の懐にもするっと入り込めるのが特技でもあるんだよね。おかげで家族にも受け入れてもらっているわけだけど」

ギルフォード伯爵の三男ジェイデンが、庶子であることは有名な話。

この調子で、現在ノース男爵である長男達ともうまくやってきたのだろう。砕けた言葉遣いや能天気な態度で、無害を装うことで。

「それでも、本当にたまに……味気なくなることがあるんだよね。それは僕の表層部分であって、本質を知りもしないくせに――って」

ジェイデンは、長い睫毛《まつげ》を伏せて笑う。

そこに苦しみの影はなく、むしろ胸に抱えた宝物を慈しむかのようだった。

「その点、菊華は違う。本質を理解しているからこそ、僕を簡単には信用してくれない。でも、そこがいい。矛盾しているけどね」

あわよくばという思いも確かにあるかもしれないが、大半はただ、また会いたい、一緒に笑い合いたいという他愛のない感情。

政宗は僅かに警戒心を緩めた。

「……そもそも、本当の自分を分かってほしいなんて発想自体が、青臭いガキだ」

吐き捨てるような悪態に、なぜかジェイデンは目を輝かせて身を乗り出す。

「あっ、やっぱり、口調が乱れた君もいいね！　菊華とも話していたんだけど、動物にたとえるなら政宗は黒豹《くろひょう》って感じだよね」

「はぁ？」

「野性味がありつつも所作は洗練されていて、そのためそこはかとない色気がある。チャコールグレーのウェストコートも似合っているけど、深い青とか葡萄色《ぶどういろ》、それに大胆な柄が入ったものもお勧めしたいな」

「本当に、何を話しているんだか……」

あまりのくだらなさに力が抜ける。

こうして、男達の夜は賑《にぎ》やかに更けていく。

◇◆◇

一方応接間では、女性同士が話に花を咲かせていた。

男性達がひとしきり議論を終え、応接間に来るまでは、コーヒーを味わいながら自分達の時間を楽しむのだ。これも正餐会における儀礼的な流れ。

「ええ、日本ではエナメルのことを、七宝《しっぽう》と呼んでおりました。紀元前の古代エジプトが起源で、その後シルクロードを通って世界中に伝わったとか。日本や中国で作られているものは主にクロワゾネという技法で、『東堂骨董店《とうどうこっとうてん》』でも扱っているそうですよ。他に、日本刀や根付もあるそうです」

菊華も政宗にならい、売り込みに励んでいた。

日本の製品でいうと特に刀や根付などの売れ行きが好調らしく、最近は力を入れて買い付けていると聞いた。

日本刀の歴史は古い。中でも十六世紀以前に造られたものは『古刀』として区別されており、蒐集家《しゅうしゅうか》からの人気も高い。

根付の誕生は十六世紀といわれている。

日本の伝統的な装いでの留め具として作られた、小型の彫りものだ。巾着や煙管《キセル》入れ、印籠などの紐《ひも》につけ、着物の帯に挿してぶら下げて使う。

象牙や珊瑚《さんご》、骨、木、琥珀《こはく》など、多様な素材から作られる。

「刀は綺麗《きれい》だけれど、少し恐ろしいわ。根付はかたちも色々あって面白いから、刀よりは集めやすいでしょうね」

「そうですね。人物や神様、動物、伝説上の生きものなど様々なものがあります。縁起が良く親しみやすいモチーフが人気です……と、政宗様からお聞きしました」

危ない。

商売を知らないふりをしているのに、つい太郎《たろう》の時のように接客しそうになった。

政宗という名前を口にした途端、どこからか視線を感じた。

先ほど政宗とペアになっていた令嬢が、話の輪の向こうから菊華を見つめている。引力のような強さがあるのに、敵意を向けてくるでもなく。

すぐに視線を逸《そ》らされてしまったので、話しかけることはできなかった。

考える間もなく、輪の中にいた女性が口を開く。

「私も『東堂骨董店』で根付を買ったのよ」

おっとりとした雰囲気のある三十代半ば頃の女性は、ダイアナ・レコードという。アイヴァー男爵夫人だ。

太郎として彼女を接客したのは菊華なので、知っていた。

アイヴァー男爵はビール醸造会社を経営しており、今後さらに爵位が上がるのではないかと噂されている。夫人とはおしどり夫婦としても有名だった。

「ありがとうございます、アイヴァー男爵夫人。政宗様もきっと喜ばれるでしょうから、私からお話をさせていただきますね」

「ありがとう、菊華さん。その根付についても、ゆっくりとお話ができたら嬉《うれ》しいわ。今度、ぜひ我が家にいらっしゃって」

「お誘いありがとうございます。こちらこそ、ぜひよろしくお願いいたします」

菊華達はにこやかに約束を交わす。

とはいえそれは、一種の決まり文句だと思っていた。

アイヴァー男爵夫人からの手紙が、邸宅に届くまでは。

◇
◆
◇

もしや、商品に不備でもあったのだろうか。

根付について話したいという言葉を、額面通りに受け取ることはできない。問題が生じ『東堂骨董店』に苦情を言いたいとか、手放したいとか。

嫌な想像ばかりが膨らむ菊華に、政宗は同行を申し出てくれた。

それを、骨董店の従業員という矜持《きょうじ》から断ったのは自分自身。何が何でも今日という日を無事に乗り切ってみせる。

菊華は指定された当日、レコード邸へと向かった。

レコード家の邸宅《タウンハウス》は、華やかな装飾模様が組み込まれたゴシック・リバイバル建築。切妻《きりづま》の破風、石材による化粧仕上げがなされた細長いゴシック窓、存在感を放つ煙突。

その美しい佇《たたず》まいは圧巻で、菊華はひと時不安を忘れた。

内装も実に見事。使用人のあとに続きながら、菊華はアーチのような半円形の天井を見上げる。採光窓が多いからか明るい雰囲気だ。

案内された部屋には、既にアイヴァー男爵夫人がいた。

「ようこそいらっしゃいました、菊華さん」

「お招きいただきありがとうございます、アイヴァー男爵夫人」

菊華達が挨拶を交わしている間に、使用人が手早く紅茶の用意をしていく。

それが終わるとすぐに部屋を辞したので、彼女は内密の話がしたいのだと理解した。菊華も連れていた年若いメイドを下がらせる。

二人きりになると、夫人はテーブルに根付を置いた。

可愛《かわい》らしいうさぎの根付だ。

ふっくらとした形状だが、細部まで緻密に彫り込まれていた。

材質は象牙で、なめらかでありながら僅かに縞目《しまめ》が確認できる。緒締《おじめ》という、各部分を繫《つな》げるビーズのような部品は珊瑚でできており、小さな梅の花が彫られていた。

まさに、菊華が彼女に売ったものだ。

「可愛らしい根付ですね」

「えぇ、そうなの。根付は、男性が使うものだったのでしょう？　こういった可愛らしいデザインは珍しくて気に入ったのよ」

またうんちくを口走りそうになったけれど、何とか頷《うなず》くに止《とど》める。

帯幅の問題で当初は男性に需要があったのだと話したのは、菊華だ。

とはいえ彼女を見るに、今も根付を気に入っている様子。

苦情でないならなぜ菊華を招いたのか、その理由が分からなくなる。

ゆったりと紅茶を味わってから、アイヴァー男爵夫人は切り出した。

「実はね……この根付の、元の持ち主について知りたいの」

彼女は、どこか言いづらそうにしていた。

それに対し、菊華は曖昧に返すことしかできない。

「元の持ち主、ですか。調べてみないことには、何とも申し上げられませんが……」

商売のことは分からない、という体でもあり、実際に見通しが立たないからでもある。

この根付も骨董品。どこまで来歴をさかのぼれるかは、ものによって異なる。

まず、なぜ元の持ち主を知りたくなったのだろう。

その疑問の答えを夫人が口にした。

「というのも、私……根付を買った夜から、持ち主の夢を視《み》るようになって」

「え……」

「あぁ、そうよね。私は実際にあった過去だと確信しているけれど、よく考えたらこんなこと、ただの妄想かもしれないのに。おかしいわよね……」

「そんな、おかしいだなんて。たいへん申し訳ございません。驚いてしまっただけで、決して疑うつもりはありませんでした」

信じていないと誤解されかけていることに気付き、菊華は慌てて謝罪する。不可思議な現象が起きる根付と聞いて、大袈裟《おおげさ》に反応してしまった。

古くから大事にされてきた骨董品には、強い思いが宿ることがある。

それは菊華の中で疑いようのない事実。

ただ、前回の中国磁器に引き続き、またいわくつき。

遭遇する頻度のあまりの高さに、政宗の笑い声と皮肉が聞こえた気がした。真剣な相談を前に一瞬白目を剝《む》きかけたのは菊華の落ち度だ。

「つまり、根付を持っていた人の古い記憶を、夢というかたちで視ていると、夫人は考えていらっしゃるのですね？」

落ち着かない様子だったアイヴァー男爵夫人は、菊華の言葉をしばらく反芻《はんすう》し……やがて深く頷いた。しきりにさする彼女の左手には金色の指輪が輝いている。

「こんなことを言えば失礼だと分かっているけれど、私は不勉強だから、あまり日本国には詳しくないの。根付を素敵だと思うだけで、文化自体には疎くて」

英国人にとって、日本は取るに足らない島国という認識だろう。

日本独自の骨董に感銘を受けても根本の意識は変わらない。アイヴァー男爵夫人がこちらを慮《おもんぱか》ってくれたのは明白で、菊華も先を促すように目顔だけで頷いて返した。

おぼろげにしか知らない日本国。

それなのに日本にまつわる夢を繰り返し視るから、これは過去の記憶に違いないと確信するに至ったのだそうだ。

「夢の中の私は、どこかの屋敷で働く女性使用人になっているの」

アイヴァー男爵夫人は夢の内容を語りだす。


見慣れない異国の景色、着物で往来を歩く大勢の人。

女性は決まって、立派な平屋の屋敷へと帰る。とはいえそこは女性の家ではなく、住み込みで働いているようだった。

風情のある中庭を過ぎ、あまり日当たりのよくない方へ進んでいく。

母屋から離れたところに、ぽつりと佇む小さな建物。

そこは、女性がお仕えする主人が寝起きをする場所だった。

主人は二十代半ばくらいの青年だった。

儚《はかな》げな風情、ほっそりとした面。穏やかな気性で、常に静かに微笑《ほほえ》んでいる。声を荒らげることすら想像できない人柄。

けれど、青年は孤独だった。

彼の家族が会いに来ることはなく、女性以外の使用人の出入りを見たことがない。

原因は、青年が患う病。

本来なら本家筋の嫡男として扱われるべきなのに、病を得てからは誰にも見向きもされなくなった。そうして、小さな離れに閉じ込められている。

女性ですら悔しいのに、当人の苦悩はいかばかりか。

それなのに、青年はいつも微笑んでいる。

それどころか使用人でしかない女性の頭を撫《な》で、慰めてくれさえするのだ。

『私のために怒ってくれて、ありがとう』

人を憎まず、迫りくる死期にも怯《ひる》まず。

青年は儚げな風貌をしていながら、しなやかな強さも併せ持っていた。

『こんな貧弱な男の世話をさせてしまって、すまないね。あなたは働き者だ。せめて私が死んだ時、母屋で働けるよう口添えを……』

『何て縁起の悪いことをおっしゃるんですか！　若様の病気は絶対によくなります！　私はいつまでもあなたのお側《そば》にいるつもりですから、次に弱気なことを言ったら、容赦なく頬《ほ》っぺたをつねってやりますからね！』

明るく叱り飛ばす女性に、青年は目を瞬かせた。

女性は下町育ち。弟妹も多くいたのでほとんど条件反射だったが、名家の嫡男として生まれた彼には新鮮らしかった。

くすくすと、堪《こら》えながらも笑いだす青年の頬は、いつもより健康的に色づいていた。

隔絶された空間、二人だけで過ごす日々。

絆《きずな》が深まり、恋仲になるまで時間はかからなかった。

ある日彼は、着物の袂《たもと》から何かを取り出した。

ころんと丸っこい、うさぎの根付。

『あなたによく似ているだろう？』

微笑みと共に贈られた根付は、女性の大切な宝物となり――……。


「私は日本語が分からないから、『ほんけすじ』とか『わかさま』とか、言葉の意味を知ることができなくて……あの女性と若様は、どうなったのかしら……」

そう言って話を締めくくったアイヴァー男爵夫人はまるで、夢見る少女のよう。

菊華は終始、居たたまれない気持ちで耳を傾けていた。

その青年からの贈りものというのが、テーブルの上に置かれたうさぎの根付か。

女性の強い思い入れが残っているから、不思議な夢を視ると。

――これは、どうしたものやら……。

アイヴァー男爵夫人は、未《いま》だ夢から覚めやらないような顔でぼんやりとしている。

菊華は難しい顔にならないよう注意しながら、紅茶に口を付けた。

相談通りに元の持ち主を捜すなら、手がかりが多いに越したことはない。

菊華なら夢に出てくる会話も理解できるということで、渋る夫人からうさぎの根付を預かり、ようやく邸宅《タウンハウス》に帰る頃には夕方になっていた。

緊張やら何やらでぐったりとテーブルに突っ伏す菊華だったが、既に帰宅していた政宗にも事情を説明する。

いわくつき骨董《こっとう》のくだりで、彼は予想に違わず笑い出した。

「……わざわざ想像通りの反応をしてくださって、お気遣い痛み入りますわ」

「どうやら、よくよく縁があるようですね。長年骨董に携わっていますが、俺だってここまで頻繁には出くわしたことがありません。いっそ、いわくつき担当に就任します？」

「疲れているから、からかうだけなら話は今度でいい？」

商品への苦情でなかったのはいいことだが、また別の試練に直面してしまった気分なのだ。ゆっくり休みたい。

――といっても、根付を枕元に置いて、例の夢を視なくちゃいけないんだけど……。

眠っても休めないだろうと思うと気が滅入《めい》る。

頭を起こさない菊華が心配になったのか、政宗は真面目な顔になった。

「それにしても、何で夫人はあなたに話を持ちかけたんです？　わざわざ正餐会《せいさんかい》で相談する機会を待つより、店に出向く方が早かったでしょうに」

「あぁ、それは……そうね。日本人なら、言葉の意味が分かるって考えたとか？　ほら、おじいも太郎も、日本人かどうか分からないでしょ？　西洋人からすれば、東洋人の違いって分かりづらいと思うし」

なぜか菊華は、アイヴァー男爵夫人を庇《かば》うように誤魔化していた。

今日の夫人の様子を思い出せば、答えは簡単。

彼女は夢で視たというその青年に、恋心を抱いているのだ。

夫人にとって男性が相手では話しづらいことだった。だから『東堂骨董店』の従業員には相談できなかったのだろう。

あの恥じらう様子、キラキラと輝く瞳。アイヴァー男爵から贈られたであろう金色の結婚指輪をしきりにいじっていたのも、おそらく後ろめたさの現れ。夫妻はおしどり夫婦として有名だというから。

根付を菊華に預けるのさえ躊躇《ためら》うのだから、結構深刻かもしれない。確認が済めば返却すると、あなたの好きな人を奪いやしないと、何度口から出かかったか。

中国磁器の時とは違って、根付は大切に扱われている。今後もきっとアイヴァー男爵夫人が大事にし続けるだろう。

だから今回は、依頼通り元の持ち主を調べればいいだけ、とも言えるのだが――……。

夫人が心を傾けすぎているからこそ、心配になる。

それこそホープ・ダイヤのように、所有者を破滅に導くと分かっていながらも、様々な人の手を渡ってきた宝石もあるのだ。うさぎの根付にそういった不思議な引力がないと、どうして言いきれよう。

触った感じ、悪い気配はないと思う。

けれど異変があってからでは遅い。

実際に菊華が確認し、問題ないという裏付けが取れない限り、根付をアイヴァー男爵夫人に返却することはできないと思っている。だから、必ず返すと明言できなかった。

――とはいえ、恋愛問題か……。

一身上の都合により契約結婚をしているが、正直恋愛など縁遠い。

菊華にとってはいわくつき骨董より難題だった。

この苦手意識を素直に打ち明けて、助力を願えば済む話だけれど。

テーブルから、こっそりと政宗を見上げる。

彼は真剣な表情で考え込んでいた。

「調査が必要ですね。辰巳《たつみ》なら、すぐに取引の記録を調べてくれるでしょう。うさぎの根付について、日本国の支店に問い合わせを頼んでおきます」

アイヴァー男爵夫人の恋心を、やたらと言いふらしたくないという理由もあるのだが。

――うぅ……何かこの男には、恋をしたことがないから助けてくださいなんて、頼みたくないわ……鼻で笑われそうだし……。

綺麗《きれい》な横顔を見ていると、自分の子どもっぽさが急に恥ずかしくなってくる。

不思議な心の動きから目を逸《そ》らすようにして、菊華は彼の言葉に応じた。

「また私の頼みだって知ったら、辰巳さんは絶対断るでしょうね」

「それはないと思いますよ。あの男は、あなたに嫌みを言いたいだけですから」

「悪意なく嫌みをぶつけられる身にもなってほしいわよね、受けて立つけど」

軽口に、政宗は柔らかく微笑んだ。

「……あなたは強いですね。心底惚《ほ》れ惚《ぼ》れします」

だらけきって会話をしていた菊華は、顔をしかめながら上体を起こす。

「だから、誰もいないのに仲睦《なかむつ》まじい夫婦を演じる必要、ある？」

そういえば正餐会でもそうだった。

思い出したように苦情を伝えると、政宗は肩を揺らして笑い出した。


日本国への問い合わせは、返答に時間がかかる。

菊華も手がかりを摑《つか》むため、安全性を確認するため、うさぎの根付を寝台脇の引き出し式チェストに置いて就寝する。

しかしここで一つ、致命的な問題が発生した。

念のため五日間試してみたのだが——菊華は夢を視《み》なかったのだ。

◇
◆
◇

それを政宗に報告しても、彼の反応は薄かった。

「夢が視られたからといって、得られるのは主観でしかない曖昧な手がかりだけでしょうし。大人しく調査の結果を待てばいいのでは？」

執務室に乗り込んだ菊華だったが、ぞんざいな対応で追い返されそうになる。

仕方がないので、根付の危険性を軽視している彼に自説を披露した。

「……そういうわけで、持ち主に危険はないかを確認しておきたいのよ」

話し終える頃には、政宗の顔から笑みが消えていた。

無表情なのになぜか凄《すさ》まじい迫力で、菊華は思わず後ずさる。

何やら彼の怒りに触れたらしい。

――それにしても、怒っていても彫刻のように端整な顔ね。感情の昂《たかぶ》りのせいか瞳の灰色が強くなっているし、滑らかな頬も普段より血色がいいわ。

つい現実逃避のように鑑賞してしまったが、それらの変化をまじまじと観察できるほど政宗が距離を詰めているのだ。

菊華の背中は既に壁に当たっている。もう逃げ場はなかった。

「あなたは……そんな仮説を立てておきながら、あえて試したんですね。深刻に考えなかった俺にも非はありますが、なぜ何も言わずそんな無茶を？」

この雰囲気。骨董の気配が悪いものではないから、という言いわけは通じないだろう。

そもそも、いわくつき担当とからかわれそうな気がして、骨董特有の気配が読めることをまだ打ち明けていなかった。二重で怒られそうでますます言いづらくなる。

「本当にホープ・ダイヤのような代物だった場合、取り返しのつかないところでした。夢に囚《とら》われる可能性だってあったし、呪われていたかもしれないんです」

さらに詰め寄られ、菊華は子どもの頃に出会った政宗を思い出す。

当時の彼はあちこちに怪我《けが》をしていた。あの風貌なら、後ろ暗い世界に片足を突っ込んでいてもおかしくない。

上品な立ち居振る舞いはあくまで貴族社会に溶け込むため身につけたものであって、こんなにも獰猛《どうもう》な本性を綺麗な笑顔で覆い隠していたのか。

菊華はふと気付いた。

追い詰められている状況は、船上で再会した時とよく似ている。

それなのに、あの時のような恐ろしさを感じないのはなぜだろう。

「菊華？　聞いていますか？」

黙り込んでいると、政宗は怪訝《けげん》そうに菊華を窺《うかが》っていた。

そうだった。まずは、考えあっての行動だと説明しなければ。

「あの、大丈夫よ。何かあっても、あんたに責任をとれなんて言うつもりはなかったし」

「……責任？」

はたりと、政宗が長い睫《まつ》毛《げ》を震わすように瞬く。

思いがけない発言、虚を突かれたと言いたげな顔をしながら。

菊華は、一連の挙動を不思議な思いで見つめた。

いらぬ危険を冒して迷惑をかけるな。周囲に被害を及ぼす分には構わないが俺だけは巻き込むな。俺の順調な人生を軽はずみな行動で台無しにするつもりか。

先ほどの怒りには、当然そういった非難が込められているものと思っていたのに。

「政宗……もしかして、心配してくれてるの？」

そういうこと、なのだろうか。

あくまで契約上の関係だから考えが及ばなかった。

彼が親身になって、心配をしてくれるだなんて。

固まっていた政宗が、やがてゆるゆると息を吐き出す。

様々な感情を呑《の》み下《くだ》し、堪《こら》え、冷静さを取り戻そうとするかのようだった。

彼は頭を傾け、壁に額を預ける。

ちょうど、菊華の肩口辺りで落ち着いた。

「すみません。怒っても仕方がなかった……というより、それ以前の問題でしたね」

後半、何だか小馬鹿にされているような気配を感じたが、菊華はあえて言及しない。

間近で吐き出された声音は、こちらを気遣うように柔らかく――ほんの少しだけ、語尾が掠《かす》れていたから。

それが優しさからくるもの、ということくらい分かる。

――もしかして私……結構大切にされているかも？

胸の内がそわそわする。

菊華は、身内のように思われているらしい。

「一応訊《き》くけど、契約満了前にいなくなられたら困るって心配ではないのよね？」

「一応怒っておきますけど、あなたは俺を何だと思っているんですか？」

政宗の声が不満を帯びる。

やっぱり欠片《かけら》も怖さなんてなくて、菊華は手を伸ばして彼の頭に触れた。

僅かに身じろぐ気配はあったものの、引き締まった体はそれ以上動かない。

気持ちが大きくなった菊華は、くしゃりと髪を乱してみる。初めて触れた政宗の髪は、意外にも軽い質感だった。

何だか彼の方こそ猫のようではないか。

菊華の忍び笑いに気付いた政宗が、顔を上げないまま不本意そうに呟《つぶや》いた。

「……これでも俺、それなりに周囲から恐れられているんですがね。その近寄りがたさが魅力だとも言われますし」

「全然分からないわね」

「あぁ、子猫には伝わりませんか」

「私が猫なら、あんたは黒豹《くろひょう》って感じよ」

「それ、ジェイデンにも言われました」

ジェイデン。

紳士同士の付き合いで、知らない間にずいぶん仲よくなったようだ。

――うん。やっぱり全然怖くないわ。

菊華は親愛を込め、彼の銀灰色の髪をぐしゃぐしゃに掻《か》き乱《みだ》した。

「ごめんなさい。あと、心配してくれてありがとう」

家族の縁が薄かったから、菊華は当たり前のことに疎かったのだろう。

身近な人が危ないことをすれば、親身になって心配をする。

政宗の怒りの正体は、まさしくありふれた家族のようなかたち。

それがひどく新鮮で、とても温かい。

されるがままにじっとしている政宗が、くぐもった声をとつとつと紡ぐ。

「強いところも、目標に向かって脇目も振らないところも、あなたの長所です。当たり前に困っている人を助ける優しさも。ですが……もっと自分を大事にしてください」

「えぇ。これからは、危ないことをする前に、あんたに報告するわ」

たとえ自身の中で『やる』と結論が出ていたとしても。

ようやく顔を上げた政宗は、菊華の発言に微妙な顔をしていた。

「報告じゃなく、せめて相談にしてくれませんか？　そうしたら、俺が……」

「一緒に試してくれるって？　その言葉を待っていたの、どうもありがとう！」

「……あなたのその図々《ずうずう》しさも、非常に魅力的ですよ」

よかった。折り入って執務室まで報告に来たのも、それが目的だったのだ。

やけに疲労感の漂う彼に、菊華は清々《すがすが》しい笑みを返した。

◇◆◇

驚いたことに、政宗は実験初日で夢を視ることができた。

アイヴァー男爵夫人のように、夢に出てきた青年に惹《ひ》かれていないか確認したところ、なぜかまた笑顔で詰め寄られた。正気のようで何より。

政宗は『本家筋』『若様』『大名』『嫡男』『阿部家《あべ》』という単語を聞き取っていた。

彼はすぐさま追加で阿部家についての調査も命じたけれど、ここまで情報があれば、菊華にもある程度の推測はできる。

倒幕から新しい時代に突入する際、日本国には様々な変化が起きた。

大政奉還に地租改正、廃藩置県に廃刀令……武士や大名という生業《なりわい》が、世の中の常識ではなくなったのだ。

それらももう、今から二十年以上昔の出来事。

阿部家という大名家の若者が生きていた世は、ずっと以前のもの。病を得ていたという青年は、もしかしたら既に――……。

「それにしても、夢を視る人と視ない人の差は、どこにあるのかしら？　あんたが視た夢の内容は、男爵夫人が語っていたものと同じだった？」

自分では夢を視ることができないので、どんな些細《ささい》なことでも知りたい。

今は執務室ではなく、二人は食堂で夕食をとっているところだ。

本日の夕食はルバーブのスープとオマール海老《えび》のサラダ、牛すね肉のブラウンシチューに鳩《はと》のパイ。デザートには、よく冷えた薄切り檸檬《レモン》のゼリーが出されるらしい。

問いに眉をひそめた政宗の視線が、花子《はなこ》や辰巳に向く。

彼は難しい表情になった。

「……黙秘します。というか、この根付の記憶を視て二人のその後を知りたいという男爵夫人は、なかなかの趣味をしていると思いますよ」

「だから、具体的にどういう内容なのかを訊いているんじゃない」

「愛し合う男女の記憶。それ以上俺に言えることはありません」

「何でよ。他人に話せば、別の視点での手がかりが得られるかもしれないでしょう？」

「夫婦なのにさらっと他人と言わないでくださいね」

教える気はないくせに細かい。面倒くさい。

今は怒っているのではなく困っているようだが、隠されるとますます気になる。

政宗から証言を引き出すのは諦め、菊華は花子を振り返った。

「それなら花子さん、お願いしてもいい？」

バゲットを配膳していた彼女は、突然話を振られて目を瞬かせる。

フランスのパン職人、ブーランジェを雇っているという有名なパン店のバゲットは絶品で、菊華はもう二回目のおかわりをしていた。

「危険はあるかもしれない。それを確かめるために、なんて……実験みたいで抵抗があるでしょうけれど……」

「おかしいですね。俺の時と態度が違いすぎやしませんか？」

すかさず飛んでくる政宗の抗議は無視し、一心に花子を見上げる。

アイヴァー男爵夫人のためにも、骨董《こっとう》のためにも、菊華はどうしても安全性を確認しておきたかった。

花子は上品な笑みを曇らせることなく、即座に頷《うなず》いた。

「菊華様のお願いでしたら、喜んで。むしろ、悩みごとをお一人で抱え込まないでくださいね。菊華様のことなら何でもお聞きしたいです」

「ありがとう、花子さん。えぇ、必ず話すわ」

「何度も言いますが俺との落差」

いつも親身になってくれる花子は、菊華にとって家族のような存在だ。

めげない苦情の主も、悔しいがその括《くく》りに入っていることを今回自覚した。家族扱いが嬉《うれ》しかったなんて、絶対本人に伝えたりしないけれど。

それでいうと、辰巳は喧嘩仲間《けんかなかま》といったところだろうか。

業務の範疇外《はんちゅうがい》にもかかわらず政宗の給仕をする、甲斐甲斐《かいがい》しい秘書に視線を移す。

「じゃあ、ついでに辰巳さんもお願い」

「危険と言われて誰が試すか、馬鹿め」

申し出はあっさり拒否された。

命を惜しむのは人として当然。菊華は深追いせずに諦める。

「分かったわ。仕方がないものね」

「そこまでいうなら特別に手を貸してやらないこともない」

「え。何も言ってないわよ」

たちまち追いすがってきたのはなぜか辰巳の方で、彼には押すより引く方が効果的らしいと悟る。甚だいらない情報だった。


その後光影《みつかげ》にも相談し、結果として三人に試してもらうことになった。

三人中、不思議な夢を視《み》たのは花子と光影。

しかもなぜか彼らまで、夢の詳しい内容は語ってくれなかった。風紀の乱れの原因となる恐れありと頑《かたく》なだったが、謎は深まるばかり。

ますます規則性が分からなくなり、打つ手もなくなってきたところで……ようやく日本国から、問い合わせの結果報告が送られてきた。

◇
◆
◇

菊華の方からアイヴァー男爵夫人に連絡をするには、少々時間がかかる。

手紙や訪問カードを駆使した煩雑な手続きが必要だからだ。

訪問カードというのは、上品で白く薄い紙に名前や住所、在宅日を印刷したもの。訪ねた相手が不在だった場合に置いていったり、先日のように正餐会《せいさんかい》に招待してくれた相手にお礼の手紙と共に届けたりと、社交において意外と活躍する場面が多い。

とはいえ菊華は、既にレコード家訪問を済ませているので、一からやり直しということはない。本当によかった。

それでも再び手紙をしたため、アイヴァー男爵夫人からの返信を待ち……という無駄に思える日々を、じりじりとした気持ちで過ごした。

――だから、手間と労力……。

困難を経てようやく、菊華はレコード家の豪奢《ごうしゃ》な邸宅《タウンハウス》を訪れていた。

前回と同じく使用人達を下がらせると、調査の結果を報告する。

「夫人が夢で視たという青年は、阿部家という大名家の嫡男でした。大名というのは、領地をもつ貴族に近い称号です」

熱心に聞いているアイヴァー男爵夫人に、伝えることを躊躇《ためら》う。

それでも、菊華は続けた。

「時代が変化し、現在の日本国でも貴族制が採用されております。つまり……大名家自体が、既に存在しません。廃止は昔の出来事なのです」

夫人の表情が、凍った。

夢に出てきた青年は病弱だった。

あれが古い記憶なら、今も生きている可能性は――……。

応接間に重い沈黙が横たわる。

アイヴァー男爵夫人とて、現実で青年と出会うことを期待したわけではないだろう。

それこそ夢のような淡い想《おも》い。

それでも、少女のようにはしゃいでいた彼女を思い出すと、胸が痛くなる。

しんみりとした雰囲気の中、アイヴァー男爵夫人は弱く微笑《ほほえ》んだ。

「夢に現れた男性に入れあげるなんて……愚かな女だと思うかしら？」

彼女の指に光る指輪が視界に入って、咄嗟《とっさ》に答えられなかった。

菊華には分からない。分からないから、偉そうなことは言えない。

問いかけに黙り込んでも、夫人は咎《とが》めることなく優しく目を細めた。

「恋と愛って、不思議ね。人それぞれ数もかたちも違う。恋はとても魅力的に見えて、つい手を伸ばしたくなるけれど――本当に満たしてくれる愛は、もう手元にあるのよ」

菊華は目を見開き、彼女を見つめ返した。

その瞳に嘘《うそ》はなく、上品な笑みも幸せそうに輝いている。

それは、アイヴァー男爵への確かな想いがあるから。

夢で出会った青年に惹かれる。

夫を献身的に支え、愛情を注ぐ。

どちらも反発し合うことなく共存する、アイヴァー男爵夫人の──ダイアナ・レコードという一人の女性の真実なのだろう。

──愛……そういうこと……。

菊華の中にずっと居座っていた疑問が、すんなり解けていく気がした。

恋愛というのは奥が深い。

今回はそれが分かっただけでも大きな収穫だったのだろう。

アイヴァー男爵夫人は、ふといたずらっぽい笑みをこぼした。

「……なんて、新婚のあなたに教えることではなかったかしら？」

菊華は、ピクリと引きつる表情筋を意識する。

話題が政宗のこととなると、いつも表情選びに苦労するのだ。結婚したばかりの、いかにも幸せそうな夫人を演じなければならない。

「とんでもないです。私達など、アイヴァー男爵ご夫妻の仲睦《なかむつ》まじさには到底敵《かな》いません。

憧れであり、見習いたいとも思っております」

「あなた達の仲のよさも、もう社交界に知れ渡っていてよ。美貌の実業家は仕事中以外となると、妻を片時も離さない――とね」

「恥ずかしいですわ……」

新妻らしい恥じらいを見せつつ、政宗のことを思い出す。

片時も離さないというのは明らかに過剰な表現だが、最近の菊華は彼に警戒心を感じることもなくなっていた。

なぜ以前ほど彼が怖くないのか、あの日のやり取りから菊華も考えた。

答えは簡単。一緒にいる内に、彼を少しずつ知っていったからだ。

いつも腹の読めない笑みを浮かべる男が、本当はわりと優しいと分かっているから。

心配してくれた時の、あの弱った姿。甘やかして、何でもしてあげたくなって、菊華は自然と彼の頭を撫《な》でていた。

間近で揺れる、ガラスのように澄んだ瞳。掠《かす》れた声。伝わる体温。

菊華が無意識にこぼした吐息に、アイヴァー男爵夫人は目ざとく気付いた。

「フフフ。あなたの夫の熱意は一方通行なのかしらと想像していたけれど……どうやら同じ比重のようで、何よりだわ。それこそ夫婦円満の秘訣《ひけつ》だもの」

「え……？」

そんなことを指摘されたのは初めてで、菊華は妙に狼狽《うろた》えてしまった。

甘い新婚夫婦を演じるのは、あくまで取引上の役割だったはずなのに、一体何を仕出かしてしまったのだろう。

分からないからこそ恥ずかしくて、菊華はすぐに話題を変えた。

「そ、そういえば、政宗様から夫人へと、預かりものをしております。私がお世話になっているお礼に、お渡しするようにと……」

「あら、既になれた夫婦の気遣いね」

「夫人、からかわないでください」

菊華は自分の顔色がどうなっているのか考えたくなくて、テーブルの端に置かれた箱を手元に引き寄せる。

開いた中には根付――既に夫人に返したうさぎではなく、溶け合うように丸まる、二羽《わ》のおしどりを模したものが入っていた。

「まぁ、可愛《かわい》らしい」

「日本国では、仲のよい夫婦をおしどりにたとえます。うさぎの根付も可愛らしいですが、こちらもきっとお喜びになるだろうとのことでした」

アイヴァー男爵夫人は、慎重な手付きでおしどりの根付を取り出した。

手元にあるうさぎの根付としばらく見比べ……ふと微笑む。

「えぇ……ありがとう。うさぎも、おしどりも。どちらも大切にすると約束するわ」


……と、このまま綺麗《きれい》に終わればよかったのだが。

痛む良心を抱えて帰宅した菊華は、政宗の執務室に直行していた。

「はぁ……現実が辛《つら》い」

菊華がやさぐれているのには理由がある。

アイヴァー男爵夫人に伝えたのは、曖昧にぼかした調査結果。彼女の美しい幻想を壊さないための方便だったのだ。

日本国からもたらされた事実は、驚くべきものだった。

支店の従業員がうさぎの根付を仕入れたのは、質屋。

さらに問い合わせたところ、取引を担当した質屋の店主から詳しい話が聞けた。

預かりものを担保とし、融資をするのが質屋の生業《なりわい》。

ただし、期日までに借りた額を完済しないと、預けたものの所有権は質屋に移ってしまう。これを質流れというのだが……うさぎの根付は、質流れ品だったらしい。

持ち込んだのは、そこそこ年齢の高い女性。

いわく『いらない』とのこと。

さらに詳細を聞いたところによると――『病が治った途端に自分を捨てて良家の令嬢と結婚した男を思い出すから、いらない』とのことだったらしい。

この報告を初めて聞いた時、菊華は頭が真っ白になった。

というか、おそらく今回の件に関わった全員。

つまり、うさぎの根付を持ち込んだのは、贈られた女性本人。

そして儚《はかな》げな大名家の嫡男は生きており、ちゃっかり良家の女性と結婚したと。

病に苦しむ青年と献身的な使用人の、身分違いの許されざる恋。

アイヴァー男爵夫人が頬を染めて語っていた恋の結末が、これほど無残だなんて。

「阿部家を調べたところ、しっかり嫡男として家を継いで子爵位を得ていたし、子どもも五人いるそうですよ……」

「病弱設定はどこに行ったのかっていうくらい長生きしそうね……」

二人は遠い目でため息をつく。

厳密には、夫人の相談に対する正確な回答を避けるかたちになってしまったけれど、夢をぶち壊すよりましな結末を提供できたはずだ。たぶん。

もう調査にかかった費用とか細かいことは言わない。

菊華はぼんやりと、窓の外に広がるハイドパークに視線を流す。

ハイドパークは、十六世紀のヘンリー八世の時代には、鹿や猪《いのしし》などが棲《す》む森が広がっており、王室の狩猟場として使われていたという。

また、マーブル・アーチが建っている辺りは数百年にもわたって使われていたタイバーンという絞首刑場跡地で、何度も亡霊が目撃されているというのは本当だろうか。

物騒な噂《うわさ》など嘘のように、木々は豊かに色づいている。

「でも、一つ分からないのよね。いらないと売り払った根付に、それでも恋をしていた頃の記憶が残っていたなんて」

アイヴァー男爵夫人には、彼らの恋の記憶だけが視《み》えていた。

ひどい別れ方をしたなら、その記憶が残っていてもおかしくないのに、根付からは一切悪い気配を感じなかった。呪いの類いも宿っていなかった。

納得できず首をひねる菊華に、書架から本を抜き取っていた政宗は、何でもないことのように答えた。

「ものには記憶が宿るんでしょう。とりわけ、強い思いだけが」

手ひどく捨てられても、どれほど憎くても、恋い慕う気持ちは消えなかった。

むしろ年月と共に降り積もり、純粋な想いだけが根付に宿った。

「質に流したのが最近だったからこそ、根付は二十年以上の時を経た今、英国にたどり着きました。持ち主がそれまでずっと、手元に残していたということでしょう」

「あぁ、なるほど……」

腑《ふ》に落ちると同時に、菊華は何だかもやもやしたものを感じた。

――何よ。このくらいの情緒、手に取るように分かるって態度で……。

菊華には分からないことでも、政宗には分かるのだ。

根付で過去を視た者と、視なかった者の違い。

アイヴァー男爵夫人が夫を愛していると理解した菊華は、同時にその答えを悟った。

夢を視たのは、根付に残った想いに共鳴できる者だけ。

愛を知る者だけが、女性使用人の大切な記憶を覗《のぞ》き見《み》ることができたのではないか。

アイヴァー男爵夫人といる間は深く考えていなかったけれど、じわじわと理解していくにつれ、言葉にならないわだかまりを感じるようになった。

アイヴァー男爵夫人も、おそらく花子や光影も誰かを愛している。

そして……政宗も。

現在彼は、執務机で書類と向き合っていた。それを見つめる菊華の瞳は、知らず知らず険しくなっていく。

視線に気付いた政宗が、ふと顔を上げる。

「どうかしましたか、菊華？」

「……別にぃ」

菊華はたっぷりと間を置いてから、これ見よがしに顔を背けた。

本来なら政宗は、愛する者以外と結婚したくなかったのだろう。だから仕方なく菊華と契約をして、贋物《にせもの》の妻に仕立て上げた。

色恋沙汰になりようのない菊華だからこそ都合がいいと。

——別に。私だって、自分の骨董店《こっとうてん》を持つって夢のために、この男を利用しているんだし。お互い様だし。

頭では冷静に考えられるのに、もやもやは一向に晴れない。

菊華はしかめっ面のまま、胸を撫でながら首を傾《かし》げた。

第四話　アクロスティックジュエリーの暗号

菊華《きっか》と政宗《まさむね》は、ロンドン南東部で開催されている骨董市に来ていた。

ここはありとあらゆるものが集まり、がらくた同然のものから、高価な陶磁器や銀器、レース、アンティークジュエリーまで、幅広い品が揃《そろ》っている。

骨董市に行くなら、何といっても早朝に限る。

商品は早い者勝ちなので、業者などは開催時間前から並んでいたりもするのだ。

七月の生温《なまぬる》い朝の空気を吸い込んでから、菊華は周囲に視線を移す。

見えなくなるほど向こうまで露店が並び、道沿いの屋内店舗でも骨董品が扱われている。

古いものを大切にする英国らしく、この規模の骨董市が定期的に開かれるのだ。

出店しているのは企業から個人まで様々。何十年も趣味で骨董品を買い集めていた老人が、高齢を理由に参加することもある。本当に大切にしてくれる人を見極め、次の持ち主へと譲り渡すために。

周囲の店は既に賑《にぎ》わいだしていた。

古い本に絵画、シェードランプ、プロヴァンス製のキルトや、エナメル彩で絵付けされたワイングラス——もう、興奮しない方がおかしい。

「じゃあ私は宝飾品の方に行くから、あんたも自由に……！」

「落ち着いてください。あなたは迷子になりそうですし、俺も一緒に行きます」

「時間との戦いなのよ！　取り置きしてもらって、あとで仕入れるか判断を——……」

「だから、一度深呼吸をしましょう。あくまで俺達は遊びに来たんです。ゆっくり眺めて楽しんで、気に入るものがあったら購入すればいいんです」

つい臨戦態勢になっていた菊華は、はたと思い出す。

そうだった。今回は仕事ではなく、散歩がてら遊びに来たのだった。

一応名目としては、根付の件で知り合ったアイヴァー男爵夫人が主催するお茶会に菊華が招待されているため、その話題作りということになる。

彼の女除《おんなよ》けとして仲のいい夫婦を演じる重要性は理解しているが、妙な感じだ。

二人で出かけたことは何度もあるけれど、今回は特に目的のない散歩。ロンドンから足を延ばして郊外に来ているから、政宗に群がる令嬢達もいない。

——散歩って……どんな顔をして隣を歩けばいいのよ……。

ドレスを着て政宗の隣にいるならよき妻を演じるべきなのだが、骨董品があると思えば楽しまずにいられない。つい素の菊華が出てしまうのだ。

「……失礼いたしました。落ち着きます」

欲に打ち勝ち、社交用の武装を選んだ菊華は、すました顔を取り戻す。

すると政宗がおかしそうに笑った。

「淑《しと》やかな顔をしたあなたも悪くないですがね」

彼は意地悪げに目を細めた途端、たちまち菊華の手をさらってしまった。ぎゅっと握り込み、そのまま素知らぬふりで歩きだす。

手袋越しに伝わる体温と、長い指。それが菊華の指先と絡む。

言葉を失う菊華を、政宗が振り向いた。

「――さぁ、いつまで保《も》つでしょうか？」

その一言で全てを悟る。

これはからかいであり、気遣いでもあるのだ。

普段通りで構わないと告げる代わりに、無理やり化けの皮を剝がそうとしている。政宗らしいとびきりの皮肉を込めた優しさ。

菊華は思い通りになるものかと、半ば意地になって平静を装った。

繋《つな》いだ手を握り返してにっこりと微笑《ほほえ》む。

「菊華は今、とても幸せです――政宗様」

政宗は小さく肩を揺らすと、素早く手を離して後ずさった。失礼な。

「ふっふっふ……いつまでも油断していられると思わないでよね」

「驚いたのは認めますが、これでは親密どころか敵対し合っているような……」

ふざけている内に、二人はもう宝飾品を扱う露店の前に着いていた。

菊華は吸い寄せられるように木箱を覗き込んだ。ケースの中に一つずつ丁寧に陳列されているわけではなく、たくさんのブローチが積み重なるようにして収められている。

その中の一つを手に取った。

リボンをモチーフにした金製のブローチに、小振りな宝石が並んでいる。順番は、ジャスパー、アメシスト、ダイヤモンド、オパール、ルビー、エメラルド。

「これ、アクロスティックジュエリーね」

アクロスティックジュエリーとは、宝石の頭文字で様々な言葉を表したもの。

このブローチについている宝石の頭文字を並べると『j'adore《ジャドール》』、フランス語で『あなたを愛しています』という意味になるのだ。

十九世紀の初めごろに誕生したものなので骨董特有の気配はない。

だが、素晴らしい細工だ。

「これが今ここで売られている意味を考えると、世知辛いわ……」

「あなたがときめくとは、俺も初めから思っておりませんがね」

遠い目になった政宗に気付かないふりをして、ブローチを観察する。

アクロスティックジュエリーを英国に広めたジャン＝バティスト・メレリオは、かの有名なマリー・アントワネット御用達《ごようたし》の宝石商だったという。

「……綺麗《きれい》。傷も少ないし、状態がいいわ」

観察を終え、菊華は呟《つぶや》く。大切にされていたのだろうと思うとますます切ない。

「メレリオも罪な男よね。いくら良品でも、これじゃあ売れないはずよ。誰かが愛する相手に真心込めて贈ったものなんて」

良品だけに値段もそれなり、ならば中古より新品をとなるのは仕方のない流れだ。

菊華がメレリオの名前を出すと、政宗が口を開いた。

「メレリオが流行《はや》らせる前から、贈りものに意味を込めるという文化はありましたがね。たとえば、アン・ブーリンが贈ったとされるものとか」

一五二七年、ヘンリー八世の求婚を受け入れたアン・ブーリンが、象徴的な意味を込めた宝石を贈ったという逸話が残っている。

宝石には、船に乗った乙女が荒れ狂う海に翻弄される姿が描かれていたらしい。歴史的背景から『人生の荒波から守ってください』という意味が込められていたとされる。

「へぇ、知らなかったわ」

「その宝石も、今は存在しません。誰にも真実は確かめられないということですね」

政宗と一緒にいると、すぐに骨董にまつわる逸話が出てくる。

歴史的背景までも網羅している人間は彼と光影《みつかげ》くらいしか知らないので、非常に勉強になる。菊華は、骨董品について語り合える時間が好きだった。

ブローチを木箱に戻した菊華に、政宗は首を傾げた。

「アクロスティックジュエリー、買わないんですか？」

「残念ながら骨董ではないから、『東堂《とうどう》骨董店』では扱えないわね」

「本気で仕事のことしか考えていないんですね……そうじゃなくて、あなた用です。欲しいなら新しいものを作りましょうか？　今度のお茶会につけていけばいい」

「いいわよ。あんたからは散々もらっているし」

見ているだけなら心躍るが、高価なものを身につけるとなると緊張の方が大きい。

遠くから鑑賞する方がいいという意味では、政宗の楽しみ方と似ている。

「──何か失礼なことを考えていませんか？」

「別に。……あ、猫」

露店の切れ間、薄暗く細い路地に一匹の猫がいた。

瞳の色はエメラルドグリーンで、灰色の綺麗な毛並み。人慣れした愛嬌《あいきょう》のある様子からも、誰かに大切にされていると分かる。

菊華は猫に近付いて腰を屈《かが》めた。

すると、帽子をかぶった頭に重みが加わる。

「おや、本当ですね。可愛《かわい》い可愛い」

「ちょっと、犬猫のように愛《め》でないでくれる？」

結構体重をかけてくるあたり、適当に話を逸《そ》らしたことへの腹いせだろう。

大人げない。その上、政宗がまき散らす暗黒の気配のせいで、猫が怯《おび》えて逃げてしまったではないか。

立ち上がりつつ、菊華は頭上の手をどかした。

「全くもう、動物には優しくしなさいよ」

「もちろん、この猫は特別に可愛がりますよ。真綿で包むように追い詰めましょう。大切に……選択肢を奪うようにね」

「そういう脅し方、全方位から嫌われると思う」

「噛《か》みついてやりましょうか」

「あら、アクロスティックジュエリーをくれるとか言っていた愛はどこへ？」

菊華は肩をすくめて先に歩き出した。

けれど、しばらくしても政宗が追いついてこない。

振り返ってみると、彼はまだ立ち止まったままだった。いつもの笑みはなく、俯《うつむ》いた顔はどこか狼狽《うろた》えているようにも見える。

「愛というか……もう少しで、社交期が終わるでしょう。もしかしたら今度のお茶会が、ロンドンでの最後の集まりになるかもしれません。あなたはまだ、同性の友人が同年代にいないから、他にも話題があった方がいいのではと思ったまでです」

菊華は冗談を返すこともできず、彼を見つめて呆然《ぼうぜん》とした。

元々、骨董市《こっとういち》のそぞろ歩きも話題作りのためだと説明を受けていたけれど、まさかそのような深い気遣いが隠されていたとは。

分かりづらい。政宗の優しさは、本当に分かりづらい。まるで上流階級の持って回った表現方法か、なぞなぞのようだと思う。

彼が分かりづらいせいで、菊華まで自分がどう感じているのか分からなくなってくる。

この胸がもぞもぞして、くすぐったいのが、家族の親愛というやつなのか。

「……あんまり長々説明すると、言いわけがましく聞こえるわよ」

「ですから、愛ではないと――……」

「そうやってむきになって否定するところが、逆に怪しいって言っているのに。あんたって、本当に私が好きなのね」

「な……」

絶句してしまった政宗に向け、菊華はお見通しとばかりにふんぞり返った。

「どんなに否定したって駄々漏れよ、あんたの家族愛」

「――はい？」

菊華とて馬鹿じゃないので、きちんと学習している。

家族というものはとりわけ心配性なのだ。友達はできたか、意地悪はされていないか、本人以上に気にかけ、つい先回りして案じてしまうものだという。

根付の時も思ったけれど、政宗は一度懐に入れた者に対して手厚い。

かりそめの結婚。妻という立場はあくまで一時的なものなのに、それでも気を許せる同年代の友人を作らせようとしているのだから。

「まぁ、私が本気になれば友達を作るのなんて楽勝よ。お茶会のあとには、お誘いの手紙がひっきりなしに届くように……って、ちょっとあんた、どうしたの？」

政宗は、思わずぎょっとするほど疲れきった表情をしていた。いつの間にか動揺は消えていたけれど、同時に目の光も失われている。

「私が目を逸らした隙に一体何が？　暗黒面が隠しきれてないわよ？」

「別に。今日もいい天気だなと思っただけです」

「え、その絶望顔で？」

菊華がつられて空を見上げてみても、ロンドンは今日も安定の曇天だった。

◇◆◇

なぜか嫌がらせのように宝飾品を贈ろうとする政宗を全力で阻止している内に、アイヴァー男爵夫人が主催するお茶会当日になった。

菊華の乗る馬車がレコード邸に到着する。

今回アイヴァー男爵夫人が主催するお茶会には、既婚未婚を問わず様々な年代の女性が出席するらしい。中には、英国貴族に嫁いできたアメリカの富豪の娘もいるという。元をたどれば同じ民族でも、境遇としては菊華と似ている。

政宗の懸念を聞いたからではないが、菊華も今日は友人を作ろうと意気込んでいた。

——何かだんだん、自分が友達のいない可哀想《かわいそう》な女に思えてきた……！

偽装結婚をしてから、それなりに知人は増えた。

お茶会の招待状をくれたアイヴァー男爵夫人は年上の友人のようだし、ジェイデンはしょっちゅう『東堂骨董店』に遊びに来るし。エルズミア伯爵からも時折手紙が届くし、良好な人間関係を築けていると思っていたのだ。

正直、政宗の指摘に愕然《がくぜん》とした。

確かに同年代、同性の友達が一人もいない。骨董の繫《つな》がりを抜きにしたら、知人という区分すら怪しいのでは……と。

それゆえ今日だけは、大好きな骨董談義も封印する。

骨董好きの若者などあまり見かけないし、古臭い趣味と言われればそれまでなのだ。空気を読んで相手の話に相槌《あいづち》を打っていれば間違いないはず。

けれど菊華が描いていた作戦は、案内された広間に到着するなり消し飛んでしまった。

相変わらず豪奢《ごうしゃ》ながらも品のある、レコード家の邸宅《タウンハウス》。

開け放たれた大きな窓は明るいテラスへと続いており、そのまま花盛りの庭園を散策することもできるようだ。

そんな窓辺で談笑する未婚令嬢の輪に、ものすごく見覚えのある顔が並んでいた。

一人は、アーバスノット子爵夫妻に招かれた演奏会で出会っていた。

燦然《さんぜん》と輝く金髪と、琥珀《こはく》のようにきらめく瞳。凛《りん》とした印象の美しい令嬢。

あの時、羽ばたく鳩《はと》をモチーフにした金細工のブローチを胸元に飾っており――それをアンティークジュエリーでないと指摘した。そして逃げられた。

もう一人は記憶に新しいけれど、言葉を交わした覚えはない。

ギルフォード伯爵夫妻に招かれた正餐会《せいさんかい》で、政宗のペアになっていた令嬢だ。確かギルフォード伯爵夫人が、トラスデン伯爵令嬢と呼んでいたか。

おっとりと目尻の下がった優しそうな顔立ち、それに似合う淡いピンク色のドレスを着ているけれど、正餐会では菊華の夫を熱の籠もった眼差《まなざ》しで見つめていた。

両者共に、政宗に好意を抱いていることは疑いようがない。

――こ、これは厳しい……。

表面上は微笑《ほほえ》みを浮かべつつ、菊華の心は既に折れかけていた。友人作り、早速挫折しそうかもしれない。

アイヴァー男爵夫人が登場し、招待客がそれぞれテーブルに着く。

気の利いた主催者なら未婚の令嬢と貴族夫人を分けて座らせるものなのに、あえて新しいかたちを取り入れた混合席。

そして奇《く》しくも、件《くだん》の令嬢達と席が近い。どういう奇跡だ。

お茶会がはじまると、トラスデン伯爵家の令嬢が話しかけてきた。

「初めまして……ではないのだけれど、わたくしのことを覚えていらっしゃるかしら？ソフィア・ハイドよ。よろしくね」

「ギルフォード伯爵邸で催された正餐会で、お会いいたしましたね。こちらこそ、よろしくお願いいたします。東堂菊華と申します」

まさか友好的な態度をとられるとは思っていなかったので、内心面食らいながらも挨拶に応える。ソフィアは菊華に対し、特に思うところはないのだろうか。

多少は希望が見えた気がして視線を移す。

例の鳩のブローチの令嬢は、非常にきつい眼差しで菊華を見つめていた。まだ会話もしていないのに怒っている。

「ヘンリエッタ・クーパーよ」

「あ……ありがとうございます。東堂菊華と申します」

名乗りを返しながら、頭の中では必死に覚えた貴族名鑑のページをめくっていく。クーパー姓は確か、シャフツベリ伯爵家だったか。

ヘンリエッタはそれきり口を開くことなく、つんと顔を背けてしまった。

ソフィアが困ったような笑みでとりなす。

「ヘンリエッタは少々当たりが強い方なので、気になさらないでいいわ」

「ありがとうございます、レディ・ソフィア・ハイド」

「ソフィアでいいわ。わたくしも、キッカさんとお呼びしていいかしら？　実は、ずっとあなたと仲よくなりたかったの。既婚女性と友人になるのは難しいと思っていたけれど、アイヴァー男爵夫人に相談したら、こうして機会を作ってくださったのよ」

そういうことかと、菊華は笑顔の裏で項垂《うなだ》れた。

おそらくソフィアの家は、アイヴァー男爵家と近しいのだろう。

この年頃の令嬢は正式な社交界デビューに備え、親戚や隣人の邸宅を訪問したり、知人を通じて地位のある人に会ったり、地元の狩猟舞踏会に参加したりなど、小規模かつ内輪の集まりで社交術と実技練習を積み重ねていくのだ。

今回アイヴァー男爵夫人が主催した集まりは、彼女達にとって実践練習。

そして菊華にとっては、同年代の友人作りの場といったところか。

アイヴァー男爵夫人はソフィアの相談を受け、これは菊華のためにもなるのではと考えたのだろう。そのための斬新な席順。

政宗と似たような気遣いが嬉《うれ》しいやら恥ずかしいやら。

「ありがとうございます、ソフィア様。私も、仲よくしていただけると嬉しいです」

申し出に頷《うなず》くと、ソフィアは花のように微笑んだ。

彼女は十六歳らしく無邪気だが、上流階級の落ち着きと気遣いも併せ持っていた。

菊華に、近くの席に座っていた令嬢達も紹介してくれる。いずれもソフィア同様十七歳前後で、まだ女王への拝謁を済ませていない令嬢達だ。

一人だけ既婚者で浮いていないだろうかと頬を引きつらせていると、ソフィアは可憐《かれん》な笑みで、菊華に話を振った。

「キッカさんは、ロンドンに来てまだ日が浅いのよね？　ロイヤル・ドルリー・レーン劇場やロイヤル・オペラ・ハウスには、もう行ったことがある？　愛を囁《ささや》き合《あ》う定番の場所だもの、当然のことを訊《き》いてしまったかしら」

同じテーブルにいた令嬢達の視線が、一斉に向けられる。夫と共に行っていることを疑いもしない、愛や恋に目がない少女達の期待の眼差し。

菊華は苦笑いになって答えた。

「残念ですけれど、まだ行ったことのない場所はとても多いです」

令嬢の内の一人が、頬を薔薇色《ばらいろ》に染めて身を乗り出す。

「キッカ様……菊華様の旦那様、まれに見る美しさですよね！　凜々《りり》しくて、本当に羨ましいです。お二人は、どのような場所に行かれるのですか？」

「政宗様は忙しい方なので。二人でゆっくり出かけたといえば、骨董市《こっとういち》くらいですわ」

「まぁ、素敵！　実業家ですもの、趣味と実益を兼ねていらっしゃるのね！」

ソフィアも優しく微笑んで頷いた。

「キッカさんさえよかったら、一緒に色々なところへ観光に行きましょう。ロンドン塔なんかもいいわね。案内したいところがたくさんあるわ」

「ロンドン塔、行ってみたいです。機会がありましたらよろしくお願いいたします」

菊華は会話が途切れた拍子に断りを入れると、アイヴァー男爵夫人に改めて挨拶をするため席を立った。

今日のお茶会で、菊華は同年代の知り合いがずいぶん増えた気がする。

招待してくれた夫人には、詳しい成果の報告と共にぜひ感謝を伝えたい。今日は主催者として忙しく立ち回っているので、後日改めて。

しばらくとりとめなく談笑をしたあと、ふと一人の時間が訪れた。

菊華は元いたテーブルの方へ視線を送る。

ソフィアは令嬢達との恋の話に夢中になっていた。どこの家の三男が素敵、あの音楽家は、ところころ話題が移り変わっていく。

次に、テラスへと続く窓を見遣《みや》った。

ふわりと心地よい風が吹き込む窓辺へ、菊華の足は自然と向いていた。

テラスから庭園へと降り立つ。

美しく整えられた庭には、初夏を彩る花があちこちで咲き誇っている。

薔薇やイエローヤロウやヘレニウム、青いデルフィニウム。風に乗ってどこからかラベンダーの香りがする。

煉瓦《れんが》で舗装された道を歩いていくと、目映《まばゆ》い陽光に照らされた金髪が見えてくる。一人でいてもしゃんと伸びた背筋――ヘンリエッタだ。

「……あなた、なぜソフィアではなく私の方へ？　近寄らないでほしいのだけれど」

こちらに気付いた彼女は、あからさまに眉をひそめる。

それを見た菊華の口角は、自然と上がっていた。

「失礼いたします、レディ・ヘンリエッタ・クーパー。夏のご予定をお伺いしたくて」

「はい？」

ヘンリエッタが呆気《あっけ》に取られている隙に、菊華はさらに話を進めていく。

「向かった避暑地が同じだった場合、仲がいい者同士で連絡を取り合って遊ぶこともあるそうですね。別荘に招くことも。今年はどこへ行かれるのですか？」

「い、言わないわ。あなたに会うことになったら嫌だもの」

「シャフツベリ伯爵家は、各地に別荘があるのでしょうね。あぁ、ご領地が人気の避暑地ブライトンと近いですし、本邸に帰られるとか？」

「なぜうちの領地を把握しているのよ気持ちが悪い！」

嫌悪より恐怖の色が強くなった瞳を見開きながら、ヘンリエッタが後ずさる。

いけない。積極的にいきすぎて、これではまた逃げられてしまう。

ヘンリエッタも逃げ腰になった自分が恥ずかしいのか、我に返るなり咳払《せきばら》いをして表情を改める。そうして再び凜とした、険しい顔になった。

「私はあなたが嫌いよ。政宗様の妻の座に悠々と納まられたことも腹立たしいし、お気に入りのブローチをアンティークジュエリーではないと指摘された屈辱は忘れない」

お気に入りのブローチという言葉を聞いて、菊華は胸が苦しくなった。

アンティークジュエリーと信じていたのに、たいして古いものではないと分かった時、贋物《にせもの》を摑《つか》まされたと感じる者は少なくないだろう。

決して貶《おとし》めるつもりはなかった。

けれど彼女は、大切な本物を贋物と馬鹿にされたように感じた。心を傷付けてしまったことは、菊華の大きな失敗だった。

だからこそ至急誤解を解かねばならない。

菊華は敢然と顔を上げた。

「あれは、本当に素晴らしいブローチです。使われていたのは全て本物の宝石で、傷も少なく非常に価値の高いものでした。ダイヤモンドは丁寧にローズカットが施され、ガーネットの赤色も濃かった。あのカンティーユ細工の芸術性といい、職人が魂を込めて仕上げた作品であることは間違いございません」

まくし立てるように自説を披露し、ぐいとヘンリエッタに近付く。

「ただ、アンティークジュエリーと偽って取引をしたのなら、それは大問題です。すぐに業者を調べる必要があるので詳しくお訊きしようと……」

「や、やはりあなた、それが目当てで近付いてきたのね⁉」

今度こそ逃げ出そうとした彼女に、菊華は首を振った。

「いいえ。ただ、あなたと仲よくなりたいだけです」

お抱えの細工師や宝石商など、親しくない者に教えないのは当然のこと。

菊華もわきまえているし、それとこれとは関係ない。

ヘンリエッタは、理解しがたいものに遭遇したような顔になった。

居心地悪そうに身じろぎすると、今度は立ち止まることなく去っていく。

「うぅ……やっちゃった……謝罪より先に、ブローチを庇《かば》うとか……」

これでさらに嫌われてしまったかもしれない。

ヘンリエッタの空色のドレスが、薔薇とラベンダーの植え込みの向こうに消えていく。

菊華はため息をつきながら、彼女の後ろ姿をじっと見つめ続けた。


ソフィアや、彼女に紹介してもらった知り合いは増えたけれど、政宗に胸を張れるような成果はなかった。結局骨董の話も封印できなかったし。

きっと仕事から帰った政宗に、大いに笑われるに違いない。

そんなふうに憂鬱な気持ちで待っていたのに――彼は帰ってこなかった。

政宗が初めて、外泊をしたのだ。

◇◆◇

約束などなくてもしょっちゅう店に顔を出すジェイデンに、菊華から連絡を取る。

それだけで彼も緊急であることを察知して、ノース家に手紙を届けた翌日には『東堂骨董店』に駆けつけてくれた。

菊華は、いつもの見習いの少年姿で待ち構えていた。

「菊華……じゃなくて、太郎《たろう》。こんにちは」

光影と頷き合い、すぐにジェイデンを店舗の奥へと連れて行く。

奥には、休憩に使う小部屋があった。

物置にもなっているので雑然としている。けれど、店舗を通らない限り入ることはできない。密談には最適な場所だった。

紅茶を淹《い》れて席に着くなり、菊華は事情を説明した。

ジェイデンもはじめは目を丸くして聞いていたけれど、次第に気の抜けた表情になる。

最終的には笑ってソファの背もたれに寄りかかった。

「そんな、大げさだよ。成人男性が二、三日帰らなかったくらいで」

未《いま》だに深刻な表情を崩さない菊華の肩を軽く叩《たた》いて、『菊華と二人きりの空間で密談って、何だか疚《やま》しいなぁ』などとのんきに面白がっている。

確かに、彼の言うことも一理ある。
二、三日の外泊。行方不明というにはあまりに日数が短い。
愛人の家に入り浸る貴族もいるくらいだし、普通なら心配する方が馬鹿らしい話。

「本当に大げさだと思います？　あの方が秘書にも告げず、仕事の予定も投げ出して」

菊華の問いに、ジェイデンの顔色が一気に悪くなる。

「それは……確かに心配かも」

「でしょう」

それが異常であると分かるくらい、政宗と親しくなっているようで何よりだ。

そう、あの男は普通じゃない。

筋金入りの仕事人間。休みなどほとんどとらずに働いているし、無理やり休ませても商業書簡を読み返したり書類を整理していたりする、というのは辰巳《たつみ》の証言だ。

それに、政宗はどれほど忙しくても毎日帰って来た。

出張などの際は家を空けることを必ず事前に説明してから出かけた。いくら夫婦を演じていても、仕事の詳細を逐一報告する義務はないのに。

だからただの外泊で片付けられない。

彼はどうしても帰れない、連絡が取れない状況に陥っているのではないか。

この結論が出た時、辰巳はかなり動揺していたけれど、光影が駆けつけるなり彼を宥《なだ》めてくれた。花子《はなこ》も含め付き合いが長いようで、今は光影が精神的な支えとなっている。

辰巳によると、政宗はあの日、仕事終わりに紳士クラブへ顔を出したそうだ。

けれど御者が迎えに行った時にはパブに姿がなく、彼の足取りはそこで途絶えている。

「ジェイデン様は、政宗様と同じ紳士クラブに顔を出しているそうですね。もしや、失踪前もご一緒だったのでは？」

「あぁ。三日前のことなら、確かにパブで会ったよ。彼とお近づきになるために通いはじめたんだよね。あ、菊華とはもっと親密になりたいよ」

「そういうのはいいので」

ジェイデンに笑われたように、成人男性が何日か帰らなかったくらいで事件扱いはされない。警察が介入するにしてもまだ数日はかかるだろう。

政宗の失踪の原因は何か。そして、誰が関わっているのか。

菊華達は話し合いの末、秘密裏に調査を進めるという結論になった。

今も、業務が滞らないよう『東堂骨董店』を開いているし、『東堂貿易商會《とうどうぼうえきしょうかい》』の仕事は辰巳が代理で采配を振るっている。

どこに敵がいるかも分からない中、政宗が行方不明になっていることを外部に悟られては、状況が不利になるかもしれない。

そのため普段通りに生活をしているのだ。本当は一日中捜し回っていたいくらい焦っているのに、全員が何食わぬ顔で。

辰巳は業務の傍ら、仕事関係のトラブルがなかったかの洗い出し。菊華も社交は中止せず、貴族界隈《かいわい》の調査を分担することになった。

そこでジェイデンを呼び出したのだ。

彼に政宗の失踪を報《しら》せようと思ったのは、菊華の判断。

紳士クラブの情報を知りたいというのと……何より、彼を信頼しているから。

菊華にちょっかいをかけているようでいて、その実ジェイデンは、政宗との交流を楽しんでいる。もっと仲よくなりたいと思っている。

その政宗への好意を、信じたい。

「お願いです、教えてください。政宗様におかしな様子はなかったでしょうか？　怪しい人物に声をかけられたとか、怪しいものを食べたとか」

「怪しいっていっても、紳士クラブは紹介制で不審者が入る余地はないよ。もちろん、いくらでも協力するけど……うーん。あの日は、少ししか話せなかったしなぁ」

ジェイデンも挨拶をして、いつものように雑にあしらわれてしまったという。

その後彼が誰と話していたのか、パブで何を食べていたのかももちろん不明。

「ごめんね。役に立てなくて」

「いえ、何もないと分かっただけでも収穫です。ご協力ありがとうございました」

菊華はすぐに立ち上がり、何とか笑顔で感謝を告げる。

ジェイデン以外、信用できる貴族の知り合いがいないのは痛手だった。政宗に言われるより早く友人作りをしておくべきだったのだ。

――早く……早く捜し出さなくちゃ……。

今のところ業務に支障は出ていないが、今後はどうなるか分からない。政宗の発見が遅くなるほど、事態は望ましくない方へ転がっていくだろう。

こぶしをきつく握ることで焦りを抑えていると、ジェイデンが唐突に手を叩いた。

「そうだ。あの日パブにいた人なら、何か知っているかもしれない。今の時間帯なら、誰かしらハイドパークを散歩しているんじゃないかな？」

彼の提案に、菊華は目を見開いた。

パブに誰がいたのか、ジェイデンならば分かる。細くて消えそうな手がかりでも、今はこれにすがる以外の方法はない。

「ありがとうございます、よろしくお願いします！」

「じゃあ、早速行こうか？」

「はい！」

店舗があるリージェントストリートからハイドパークは、とても近い。

緑の多い公園には、既に散歩中の貴族の姿が多くあった。

ハイドパークの遊歩道を散策するのも社交の一つなのだ。デビュタント同士なら前夜の舞踏会について情報の交換をするし、男女なら出会いの場にもなる。

「パブで見かけた人がいれば、即教えてください」

「ちなみに、教えたらどうするの？」

「どのような手段を用いてでも近付いてみせます」

「うわぁ……」

そぞろ歩く女性達は軽やかなドレスをまとい、レースの日傘を差している。

毛足の長い白い子犬を連れ歩いている者もいた。暑くなってきたので、多くの子ども達は麦わら帽子をかぶっている。のどかで、笑顔が溢《あふ》れる光景。

焦る菊華だけがひどく場違いで、居たたまれない心地になってくる。

「今日は珍しくいい天気だから、ボート遊びをしても渋滞に巻き込まれるだけだろうね。面白そうだから僕らも行ってみる？」

「それより、人探しを……」

「まぁまぁ。貴族だって人が群がっているところに集まるものだよ。ほら、あそこに何か売っているみたいだし、行ってみよう」

露店に売られていたのはレモネードで、買うか買わないかでひと悶着《もんちゃく》が起きた。

こんなことをしている場合じゃないのに、時間を無駄に浪費してしまった。

揉《も》めている時間すら惜しいので結局買ってしまったし、他の貴族もいるからと木陰のベンチへ誘導されてしまったし。

そうしてレモネードで喉を潤したところで、ようやく気付いた。

ジェイデンはわざと、菊華を振り回しているのではないか。

「よし。レモネードを飲み終わったら、大英博物館にも貴族がいるだろうから……」

「ねぇ、ちょっと待ってください。これって遊んでいるだけですよね……？」

菊華は混乱と疑問に苛《さいな》まれながらも、歩き出そうとしたジェイデンを引き止める。

一七五三年に創設された大英博物館、行きたいけれど。基盤になったというハンス・スローン卿《きょう》のコレクション、見たいけれど。

「嫌だな、これも調査の一環だよ」

ジェイデンは、いつもと変わらない態度で軽く肩をすくめた。

彼は快く協力を申し出てくれたし、信じたい気持ちはある。

上流階級の人々は誰もが上品な笑みで本音を隠すから、疑心暗鬼になりそうだった。

「まさか、ジェイデン様を疑う日がこようとは……」

「わーっ、待ってごめんごめん！　君が心配だっただけだよ！」

菊華が暗い表情で恨み言を漏らすと、ジェイデンは慌てたように謝罪をはじめた。

いつもと変わらず軽やかで明るい、それなのに誠実さのにじむ態度。そうして芝生に膝までつくから、今度はこちらが狼狽《うろた》える番だった。

彼の指先が、菊華の目の下にちょんと触れる。

「あまり眠れていないんだろう？　少しは菊華の気晴らしになればいいと思ったんだ。気持ちは分かるけど、君も十分な休息をとるべきだよ」

労《いたわ》りに満ちた笑みを向けられ、菊華は言葉に詰まった。

途端、苦い罪悪感が襲ってくる。

一度信じると決めた相手まで疑って、最低だ。こんなにも柔らかく、不安に寄り添ってくれる人なのに。

それなのに菊華は——唇の内側を噛《か》み締《し》めながら、笑みを作っていた。

「ありがとうございます。ですが、心配はいりません。社交の合間に政宗様を捜しているせいで、顔に疲れが出てしまっただけですから」

力が入りすぎてこぶしが震えても、何でもないような顔で。

しばらくこちらを見上げていたジェイデンは、やがてそっと目を伏せた。口許《くちもと》に笑みを保ったまま、ほんの少し寂しそうに。

「そうか……君は、自分の気持ちを分かっていないんだね……」

菊華の手に彼の指先が触れる。

頑《かたく》なに強《こわ》ばる指を、丁寧に一本ずつ広げていく。

「でも、どうか忘れないでほしい。君の周りにはたくさんの人がいるってこと。僕を含めて、みんな喜んで力を貸してくれるはずだ。君は一人じゃない」

ジェイデンは立ち上がると、いつもの明るい笑みに戻っていた。

「とりあえず歩こうか。本当に見覚えのある顔がいるかもしれない」

気負わない様子で歩き出した背中に、逡巡《しゅんじゅん》の末ついていく。

彼はそれ以降、菊華の不自然な態度に言及することなく、ただ調査に協力してくれた。

何も訊《き》かないでくれる優しさがありがたい。

けれどそれ以上に、心苦しかった。

結局めぼしい収穫はなかったけれど、何か思い出したことがあれば必ず報告すると、ジェイデンは約束してくれた。

光影から今日はそのまま帰っていいと言われていたので、菊華はその足で邸宅《タウンハウス》に戻っていた。そうして自室に籠もり、一人窓の外の夕焼けを眺める。

ジェイデンに触れられた目の下に、そっと触れる。

彼の指摘は間違っていない。

本当は、政宗がいなくなってから、あまり眠れなくなっていた。

心配と――尽きない後悔で。

菊華は泣きそうになって俯《うつむ》く。

あとからあとから、懺悔《ざんげ》が湧いて出るのだ。

ごめんなさい。ごめんなさい。

いなくなるなんて思っていなかったから。

その日の予定を互いに話しながら、朝食をした。急いでいたから、ろくに顔も見なかった。お茶会に行く準備にとりかからねばならなかったから。

お茶会を終えて帰宅しても、友人作りに失敗したことをからかわれるだろうと思えば、帰って来なくていいのに、なんて考えてすらいたのだ。

……軽い気持ちの願望さえ、今となっては罪のようで。

ちゃんと顔を見ておけばよかった。ホールまで見送りに出ればよかった。笑われてもいいから、平和な一日の出来事を報告し合いたかった。

今の暮らしが好きだ。花子や光影を家族のように思っているし、『東堂骨董店《こっとうてん》』での見習い仕事にもやり甲斐《がい》を感じている。

全部彼のおかげなのに、感謝を伝えきれずに――……。

「早く、捜さないと……早く……」

黄昏《たそがれ》に沈む部屋に、菊華の呟《つぶや》きが落ちる。

◇◆◇

今日の菊華は、トラスデン伯爵令嬢ソフィアの邸宅に招かれていた。

あの日紹介してもらった、未婚の令嬢だけで集まる予定らしい。一人だけ既婚者の菊華は気まずいことこの上ないが、あちらの気遣いであれば無下には断れなかった。

色々な意味で楽しめる気分にはなれないけれど、社交はおろそかにできないのだ。焦ってはいけないと自分に言い聞かせる。

正式なお茶会ではなく、あくまで友人同士の集まり。

令嬢達の中にはヘンリエッタの姿もある。

ソフィアと令嬢達は、またすぐに恋の話で盛り上がりはじめた。

「キッカさんは、お忙しい政宗様とのお出かけができたのかしら？」

「ロイヤル・オペラ・ハウスですか？　残念ながらまだ」

やはり目立つ政宗の話題は楽しいようで、令嬢達が次々に口を開く。

「共通の趣味をお持ちですものね。私は婚約もまだなので、羨ましい限りですわ」

「あれほど素敵な方ですもの。しかも旦那様の方が菊華様に夢中だとか」

「お二人がどのように知り合ったのか、詳しくお聞きしたいわ」

「殿方を夢中にさせる方法も！」

無邪気な令嬢達がさざめくように笑い合う。

華やぐ少女達とは一線を画しているのが、ヘンリエッタだった。

彼女はテーブルの隅で一人淡々と紅茶を飲んでいる。

「レディ・ヘンリエッタ・クーパー。そういえばあなたからは、ロンドンのお勧めの場所を聞いておりませんでした」

菊華が水を向けると、ヘンリエッタは一度視線を合わせてから首を振る。

「……私があなたにお勧めしたい場所などありません」

彼女は素っ気なく答え、それきり会話に加わろうとしなかった。

次に話しかけることができたのは、集まりが終わってハイド家の邸宅を辞したあと。

迎えの馬車に乗り込もうとする背中に、めげずに声をかける。

「また機会がありましたら、ぜひお話しさせてください」

ヘンリエッタが動きを止める。

そうしておもむろに振り返った彼女は、至極不可解そうに眉を寄せていた。

「だから……なぜあなたはそのように。私はあなたが嫌いだと言ったはずよ」

仲よくなりたいという動機は既に伝えてある。

つまり、なぜ彼女なのかを訊いているのだろう。

「美しいものに目がないからです」

きっぱり言い切った途端、ヘンリエッタの眼差《まなざ》しが不審者を見るものに変わったので、菊華は慌てて付け加える。

「私はこれまで、政宗様の妻として様々な女性と相対してきました。その中で一番堂々と張り合ってきたのがあなただったので、仲よくなりたいと思いました」

政宗に好感を抱く女性に絡まれた回数は、数知れず。

全て返り討ちにしてきたけれど、上流階級特有の婉曲《えんきょく》な皮肉に菊華は辟易《へきえき》としていた。

その中には、東洋人であることをあてこするようなものもあった。

政宗だって東洋人なのにと思わないでもないが、生まれや育ちなど、本人の意思でどうにもならない部分を貶《おとし》める人間が理解できなかった。どのような立場でも、その人自身の価値は変わらないのに。

ヘンリエッタはそういった者達とは違った。正々堂々と敵意を向けてきた。

それは、政宗への思いを表明すると同義。慎み深さを求められる未婚の貴族令嬢には珍しい、激しい感情の発露。

素直に格好いいと思った。

遠回しな嫌みがないのも、東洋人だからと蔑まないのも、好感を抱く理由には十分。

菊華は彼女を真《ま》っ直《す》ぐに見上げて、微笑《ほほえ》んだ。

「レディ・ヘンリエッタ・クーパー。あなたの強さと誇り高さが、美しいと思いました。私はその美しさが好きです。あなたの強さが、好きです」

ヘンリエッタは表情を動かさず、優雅に視線を逸《そ》らした。

「……あなた、変人なのね」

「罵られても仕方がないものと思っております」

「諦める前にもう少し体裁を気になさい」

好意を伝えたところで、ヘンリエッタの態度が軟化することはなかった。

彼女が席に着くと、御者は馬車の扉を閉める。

そうして扉が閉まりきる瞬間、その視線が菊華に向けられた。

「――ソフィアには気を付けた方がいいわ」

シャフツベリ伯爵家の馬車が動き出す。

それを見送る菊華の頭には、ヘンリエッタの残した忠告がいつまでも響いていた。


メイドと共に邸宅に戻った菊華を、笑顔の花子が出迎えた。

「おかえりなさいませ、菊華様」

「ただいま、花子さん。警察への訴え、任せきりにしてしまってごめんなさい」

「とんでもないことです。私にできることといえば、警察署《ヤード》に日参するくらいですもの。今日も『どうせ遊び回っているだけだ』と決めつけられて終わりましたが。菊華様の方は明るい顔をしていらっしゃいますから、何か収穫があったようですね？」

「うーん。あったような、なかったような？」

ヘンリエッタと仲よくなる道のりは険しいけれど、忠告をする程度には気にかけてもらえたのだろう。忠告の意図はともかく。

詳細に語らなくても、花子は嬉《うれ》しそうに微笑んだ。

「やはり菊華様は、そうやって笑っているのが一番です」

しきりに頷《うなず》く彼女も、ここ最近で一番明るい顔をしている。

そういえば最近、心から笑う機会がなかったような気がする――そんな何でもないことに、菊華は今さら気が付いた。

政宗不在の今、邸宅の女主人として周囲を気遣うべきだったのに。

「ごめんなさい。花子さんだって不安だろうに、気付かなくて……もう心配ないわ。大丈夫、私の全てを懸けて、あの男を引きずり戻してみせるから」

「いえ、私の心配はそういうことではなく……」

花子が言い終える前に、菊華はホールの奥へと続く通路に視線を移した。

「そういうわけで、あなたも心配しないでね、辰巳さん」

指摘すれば、物陰に潜んでいた辰巳の肩が揺れる。

もしかしたら彼のことだから、今までもああして物陰からこちらを窺《うかが》っていたのかもしれない。気付けなかった自分が何とも不甲斐なかった。

「辰巳さんだって、政宗の不在は辛《つら》かったわよね。商会の方を任せきりにしてしまってごめんなさい。今後は私も積極的に関わっていくつもりよ」

「これ以上手を広げれば、貴様が倒れるだけだぞ」

「心配してくれるの？　え、じゃあ陰ながら見守っていたのも……」

「そんなわけがないだろう！　貴様宛ての郵便物が届いたから、持ってきただけだ！」

辰巳が突き出した手には、確かに封筒が握られていた。

シンプルな白い封筒に、女王の横顔が描かれた切手。そして住所と、菊華の名前だけが記載されている。見覚えのない筆跡だ。

一体誰からだろう。

菊華に代わって花子が受け取り、郵便物を開封する。

封筒の中に手紙はなかった。

ただころりと包みから転がり落ちたのは、様々な色の宝石が埋め込まれた指輪。

順番にルビー、エメラルド、ガーネット、アメシスト、ルビー、ダイヤモンドと並んでいる――アクロスティックジュエリーだ。

宝石の頭文字を並べると『Regard』。敬愛を意味する英語になる。

菊華の頭の中に、骨董市での会話が甦《よみがえ》った。

あの時政宗は、社交の助けとしてアクロスティックジュエリーを贈ると話していた。

――これ……政宗から？　このタイミングで、こんなふうに……？

いいや、おかしい。

行方知れずになっている政宗から、贈りもの？

愛を囁《ささや》き合《あ》う関係でもないのに？

どう考えても不自然だ。

彼は、贈りものに意味を込める文化について語っていた。

突然送られてきた指輪。隠された意味があるとしたら――それは、政宗の居場所を示す手がかりではないだろうか。

菊華は指輪をぎゅっと握り締め、彼とのやり取りをさらに詳細に思い出す。

並べた宝石の頭文字で様々な言葉を表す、アクロスティックジュエリー。それを英国で流行《はや》らせたジャン＝バティスト・メレリオ。そして、アン・ブーリンの逸話。

「……あ……」

脳裏にひらめくものがあって、菊華の唇から上ずった声が漏れる。

けれど、憶測の域を出ない。

おそらくどれほど探ったところで確たる証拠も出ないだろう。

間接的にでも、事実を裏付けていかねばならない。焦らず、一つずつ。

菊華は詰めていた息を吐き出すと、不安げに見守る二人を見据えた。

「——辰巳さん。とある伯爵家が『東堂貿易商會』とかかわっていないか、過去にさかのぼって調べることはできる？　それと花子さんは、ジェイデンに大至急連絡をお願い」

「は、はい……！」

毅然《きぜん》とした態度で采配を振るう菊華に、辰巳と花子は反射的に頷いていた。

主人の不在に家を背負って立つ。

その姿はまさに、理想とされる女主人そのものだった。

◇◆◇

本来、突然邸宅《タウンハウス》を訪問するなんてエチケットに反する。

どれほど親しくても不躾《ぶしつけ》になってしまうので、事前に約束をするか手紙を送るかして予定を調整しなければならない。それか、在宅日を狙って訪問するか。

菊華も、懸命に守ってきたエチケットを破ることに迷いはある。

政宗との契約を達成するために英国貴族の作法を学び、それに則《のっと》って淑女らしく振る舞ってきた。はみ出さず、社交界での立ち位置を常に確認しながら。

けれど、菊華のある部分では、とても冷静に状況を見極めてもいるのだ。

迷った上で譲れないのなら――戦うしかない。

郵便物が届いた翌日、菊華はトラスデン伯爵邸を訪れていた。

使用人は門前払いをしない。

一応公平な第三者として、ジェイデンを連れて来たことが理由だろう。ギルフォード伯爵家の三男をぞんざいに追い返すのは難しい。

「お嬢様は、ご友人方をお招きしておりまして……」

「あぁ。少し遅れてしまったけれど、私も招かれているのよ。以前にも参加させていただいたけれど、覚えておられないかしら？　集まっているのは応接間ね？」

今日はともかく、招かれたことがあるのは事実。

使用人の方も記憶にあるようで、やや強引に応接間へ向かっても、もう止められることはなかった。

それにしても、こうも頻繁に集まっているとは。まだ正式なデビュー前だというのに、つくづく貴婦人の真似《まね》ごとが好きらしい。

先日案内された応接間に堂々と乗り込むと、同じ顔触れが集まっていた。目を見開くヘンリエッタの姿もある。

「なっ……キッカさん？　これは一体どういう……」

「ごきげんよう、みなさま。以前から、夫との馴《な》れ初《そ》めを聞きたがっておられたようなので、今日は特別に私と政宗様の話をご披露したくまいりました」

発言を遮る菊華に、目当ての人物――この集まりを主催するソフィアが眉をひそめる。

それは他の令嬢達も同様だ。慎《つつ》ましくあれと育てられる令嬢達には、信じがたい無作法だろう。背後に付き従っているジェイデンでさえ冷や汗をかいている。

菊華はおもむろに手袋を外した。

そこには、郵便で送られてきた指輪が輝いている。

「これは、政宗様から贈られたアクロスティックジュエリーです。勿忘草《わすれなぐさ》のネックレスをいただいたことがあったのでお断りしましたのに、政宗様は愛する妻に贈りものをするのがお好きなようで、どうしてもと譲らないのです」

骨董市《こっとういち》での会話で印象的だったのは、アクロスティックジュエリーが流行りだす前も、宝石には秘密の意味が込められていたというもの。

例に挙げられたのはアン・ブーリンの逸話。

宝石には、船に乗った乙女が荒れ狂う海に翻弄される姿が描かれていたらしい。歴史的背景から『人生の荒波から守ってください』という意味が込められていたとされる。

後に生まれるエリザベス一世の母親であるアン・ブーリンは、四代前までさかのぼると農民の家系。ヘンリー八世の前妻キャサリン・オブ・アラゴンの侍女でもあった。

宗教上、政治上の困難もあってようやく結ばれた二人だが、幸せな結末ではない。

最終的にヘンリー八世は、ありもしない姦淫《かんいん》などの罪で、アン・ブーリンを斬首刑に処すのだ。この時、ヘンリー八世の心が彼女の侍女に移っていたのは皮肉なことだった。

その処刑が行われた場所が、ロンドン塔。

ロンドン塔という単語ですぐさま思い浮かんだのは、ソフィアだった。

ロンドンに来て日が浅い菊華に、彼女は色々なところへ案内したいと申し出た。優しげな花の笑みで、ロンドン塔もいいと。

この時菊華は――上流階級特有の嫌みかな、と思った。

確かに歴史的建造物ではある。宝物館や造幣局の役割を果たしてきた場所でもある。けれど、ロンドン塔は何人もの王侯貴族が処刑された地でもあるのだ。多くの悲しみが生まれた場所を真っ先に提案するソフィアから、好意など全く感じられなかった。

ソフィアの優しい言葉の裏には、いつも隠された棘《とげ》を感じていた。ロンドンに来て日が浅いと強調する言い回しにも、小国の華族令嬢に対する侮りが窺える。

あの場にいた全員に悪意があったとは思わない。

純粋な興味や好奇心で会話に加わっていた令嬢もいるだろう。

だから大ごとにするつもりはなかった。令嬢達の群れに既婚者を放り込み孤立を面白がる行為も含め、ソフィアの純然たる厚意という可能性は皆無ではなかったし。

仲よくする相手は自分で選べばいい。

故意に傷付けようとする人間に、囚《とら》われる必要はない。そうすれば穏便に、当たり障りなくやり過ごせると思っていたけれど——こうなっては話が別だ。

もし政宗があの指輪でロンドン塔のことを伝えようとしていたなら、示唆しているのはソフィアとの会話だろう。

それではなぜ、お茶会にいなかった彼が会話の内容を知っていたのか。

それは当人——ソフィアから聞いたということになる。

菊華は内心などおくびにも出さず、自慢話を繰り広げ続ける。

「愛されすぎも困るものですわ。他の殿方の目に留まらないようにと、あまり外出もさせてもらえませんし、二人きりでいれば四六時中愛を囁かれますし……」

あまり外出ができないのは菊華も『東堂骨董店』で働いていて忙しいからだし、愛《いと》しい子猫や惚《ほ》れ惚《ぼ》れするといった言葉を囁かれているのも、あくまで軽口。

けれど、今は本当のところなど関係ない。

行方不明になっている政宗がソフィアと繋《つな》がっている。

彼女が何らかのかたちで事件に関わっている可能性に気付いた菊華は、昨晩急いでジェイデンに会いに行った。

訊《き》きたかったのは、政宗が行きつけにしている紳士クラブに、トラスデン伯爵家の者が出入りしていないか。彼が消息を絶った当日はどうだったか。

返ってきたのは肯定。ソフィアの兄が同じ紳士クラブに通っているという。

そしてジェイデンは、菊華の問いをきっかけに思い出した。

あの日もトラスデン伯爵家のものと思《おぼ》しき馬車を見かけた。盾に百合《ゆり》という、トラスデン伯爵家に連なる者のみ使うことのできる、個人紋章が描かれた馬車。それなのに、ソフィアの兄の姿を見かけなかった、と。

辰巳に大至急調べてもらったのは、『東堂貿易商會』とトラスデン伯爵家の関係。

現在の当主であるトラスデン伯爵は、法律家としての最高位である大法官を任じられているという。それならば仕事上の敵対関係ということもない。

「それに何より、政宗様の寝起きといったら。他ではきっとお見せしないだろう無防備なご様子で、目覚めると甘い笑顔で優しく囁きかけ――……」

「キッカさん。あまりに無作法ですわ。わたくしの大切な友人達を侮辱するような真似を続けるのなら、出て行ってもらわねばなりません」

普段の優しい表情を消したソフィアが、立ち上がって菊華と対峙《たいじ》する。

それでもまだ彼女は体面を気にしている。

菊華は心の中でほくそ笑みながら、小首を傾《かし》げてさらに煽《あお》った。

「あら、ご不快だったかしら？　みなさま政宗様にご興味がおありのようでしたから、どれほど愛してくださるのか、お知りになりたいのではと思ったのですが」

「知りたいなどと、誰が……そのように殿方との触れ合いを声高に主張して、仮にも社交界に身を置く者として恥じらいはないの⁉」

「……ソフィア様がそのように声を荒らげられるとは、珍しいですわね」

もし、ソフィアが政宗に危害を加えたとして——その目的は何か。

菊華は忘れていなかった。

ギルフォード伯爵家に招かれた正餐会《せいさんかい》で、政宗のペアになったソフィアが、熱に浮かされたように彼を見つめていたこと。応接間で女性だけの集まりになった際、菊華をやけに凝視していたこと。

気持ちは分からなくもない。

政宗はあまりに美しく、ホープ・ダイヤのように人を狂わせる何かがある。欲望を剝《む》き出《だ》しにされ、求めずにいられなくなるような。

――でも、だからといって何をしても許されるわけじゃない。

政宗を拘束しているのは、十中八九ソフィア。

彼を手に入れようと暴走し、過激な手段に出たものと思われる。

ただ、状況証拠を並べ立てても意味はない。

目に見える証拠がない以上、しらを切り通されればこちらが負ける。

だから、あえて傲慢に振る舞う。政宗からの愛を誇示する。ソフィアを挑発し――本性を暴き立てるため。

菊華は勝者のごとき笑みを浮かべながら、ゆっくりとソフィアに歩み寄る。

そうして、彼女の耳元で囁《ささや》いた。

「もしかして、嫉妬？　あなたがどれほど想《おも》っても――彼は私を愛しているのに」

「～っ、ぅああぁぁぁぁぁぁぁあっっ!!」

ソフィアが絶叫と共に、テーブルクロスをひったくった。

テーブルの上のグラスや銀器、焼き菓子まで勢いよく投げ出されていく。

ガチャンガチャンと激しい音を立てながら、美しい器がただの破片となり果てる。飾られていた花もサンドイッチも無残なものだ。

一瞬で荒れ果てた応接間の隅に、令嬢達が避難していた。

ジェイデンが事態を予期して下がらせていたようだ。彼の軽薄さと空気を読む能力が役に立ち、幸い怪我人《けがにん》はいない。

「ほんとぉ……邪魔なのよ、あんたぁ……」

ソフィアは肩で息をしながら、低い声で呟《つぶや》いた。

ドレスの裾はこぼれた紅茶で濡《ぬ》れ、髪も乱れている。力が籠もっているのか全身がぶるぶると震え、異様な迫力があった。

ソフィアが、手近に飾られていた置時計を掴《つか》む。

こちらに駆けつけようとするジェイデンを、菊華は視線だけで制した。被害が他に及ばないよう、彼には令嬢達の守りに徹してもらいたい。

「政宗様はわたくしのものなのぉ!! あんたなんかを愛してるわけないでしょ!? あの人はわたくしだけ、わたくしだけを見てくれるのぉ!! 愛してくれるのよぉぉぉっ!!」

喚《わめ》き散《ち》らしたソフィアが、置時計を振りかぶった。

非力な令嬢の全力など菊華の敵ではない。

破損しないよう勢いを殺しつつ、あっさりと置時計を受け止める。

それが癪《しゃく》に障ったようで、激昂《げきこう》したソフィアは次々にものを投げつけはじめた。

磁器製のドール、蓋つきのシルバーボックス、ガラス管をねじって蛇や細かな文様を表現するアプリカシオン装飾のランプ、多色使いが美しいボヘミアガラスの壺《つぼ》——……。

「っ、いい加減にしなさい!!」

テーブルクロスを駆使して全て受け止めきった菊華は、素早くソフィアの懐へ潜り込んだ。これ以上価値あるものを破壊されてたまるかと、しっかり腕を摑む。

「人でも骨董でも食べものでも、大切にしなきゃ駄目でしょうが!!」

彼女が軽挙で横暴だから、子どもを叱りつけるような口調になってしまった。

食べものを粗末にしたことも、食器や骨董を軽んじたことも許せない。何より、政宗をもののように扱う口振りは、到底聞き流せるものではなかった。

腕を摑まれたソフィアの表情が歪《ゆが》む。

「痛っ……」

「あっ、ごめんなさい……」

すぐに手を離したけれど、彼女は憎しみをたたえた眼差《まなざ》しで菊華を睨《にら》み上《あ》げた。

「このような暴力、許されると思わないでちょうだい！　警察を呼ぶわ！」

多少は正気を取り戻したようだが、自分の仕出かしたことの清々《すがすが》しい棚上げ振りに、むしろ菊華の方が冷静になる。

「他人の意思を捻《ね》じ曲《ま》げて監禁する行為も、暴力っていうの。知らないの？」

「お父様に訴えて、あなたの罪を告発するわ！　社交界にいられなくしてやるから！」

「その前に自分の罪と向き合いなさい。いいから政宗を返して」

「それがあなたの本性なのね！　あなたのような礼儀知らず、貴婦人とは認めないわ‼」

ソフィアが放った見当違いの糾弾に、菊華の中の何かが弾《はじ》け飛《と》んだ。

感情のまま動けば、今までの努力は台無しになるだろうか。

当然エチケットとしては認められないのだから、全て呑《の》み込《こ》むのが正解だろう。

貴族相手に逆らっても不利になるだけ。不当な扱いを受けても黙ってやり過ごし、耐え忍べば、いずれ事態も収束するはず。

そうして保身のため、政宗が送ってくれた手がかりを無視するのが、正しい。

本当に？　元々、彼の助けとなるために努力してきたのに？

――地位は、エチケットは……今あの男を守ってくれている？

政宗がどのような状況にいるのか分からないのだ。

もしかしたら閉じ込められているかもしれない。手紙を直筆で送れなかった以上、縛られている可能性だってあるし……怪我《けが》を負っているかもしれない。

そこまで考えが及べば、もう理屈じゃなかった。

保身もいらない。我慢なんてしない。

一之宮《いちのみや》家を飛び出した時、自由に生きること、そのために戦うと決めたのだ。

菊華は――ふわりと微笑《ほほえ》んだ。

完璧で控えめ、淑女の鑑《かがみ》ともいえる上品な笑み。

誰もが束の間《つかのま》、状況を忘れて見入ってしまうほど。

ただし室内は悲しいほど荒れ果てていたので、その美しい表情はあまりにも似つかわしくなく……次の瞬間には全員揃《そろ》って震え上がった。

やけに寒々しい沈黙。

それを破ったのは菊華だった。

「礼儀知らず……貴婦人……笑わせるわ……」

微笑みを浮かべたまま、綺麗《きれい》な所作で半歩後ろに下がる。

そうして菊華は、ドレスの裾が大きくめくれ上がるのも構わず――ソフィアめがけて右足を振り抜いた。

ズガンッッッ

……応接間に響く重い音。

瞬《まばた》きの間に起こった事態だった。

誰にも止められなかったし、ソフィア自身も身じろぎ一つしていない。

彼女の肩を際どく掠《かす》めたヒールは、壁にめり込んでいた。渾身《こんしん》の力で蹴り入れられた西《せい》洋漆喰《ようしっくい》の壁面に、蜘蛛《くも》の巣状《すじょう》の亀裂が入っている。

ゆったりと顔を上げた菊華は、未《いま》だに華やかな微笑みを維持していた。そうして、顔面《がんめん》蒼白《そうはく》となったソフィアの胸ぐらを、気品に満《み》ち溢《あふ》れた仕草で摑み上げる。

菊華は、優雅にぶちぎれていた。

「大切な人を奪われ、横暴に耐えるのがエチケット？　――クソくらえよ」

乱暴な口調で吐き捨てるけれど、やはりあくまで品のいい笑みのまま。

その美しさは、もはや恐怖だった。

「ひ、ぃ、ぎゃぁぁぁ――――――――!!」

生まれて初めて本当の恐ろしさに直面したソフィアの口から、悲鳴がほとばしる。

「――何ごとですか……!?」

これだけ暴れたら使用人が騒ぐのも道理で、誰かが老齢の執事に先導され駆けつける。

大柄で穏やかそうな青年は、ジェイデンの証言に出てきたソフィアの兄だろう。

「お兄様……！」

もはや叫び震えるばかりだったソフィアが、兄にすがりつく。

彼は泣きじゃくる妹を抱き留めながら、呆然《ぼうぜん》と部屋を見回し……菊華に視線を留めた。

菊華は決して怯《ひる》まない。毅然《きぜん》と、まるで自らが主導権を握っているかのように、真《ま》っ直《す》ぐソフィアの兄を見つめ返す。

彼はそっとため息をこぼした。

「妹の罪は……露見したのですね」

「お、お兄様、何を……！」

「ソフィア、そろそろ観念しなさい。隠し部屋の鍵を」

ソフィアは兄が差し出した手を見下ろし、愕然《がくぜん》と首を振った。

罪を認めたも同然の発言が信じられないようだ。

「いや……いやよ……お兄様、何で裏切るの……！」

「これまでは家門のために、黙っているしかなかった。お前を説得し、穏便に解決できるならその方がいいから。けれどもう庇《かば》いきれない。ソフィアがこれ以上拒むというなら、僕こそが警察に通報する」

毅然と諭す兄に、ソフィアは膝から崩れ落ちた。

泣き叫ぶことも、怒り出すこともない。そんな気力すらないようで、表情の一切が消えている。兄は彼女にとって心の砦《とりで》だったのかもしれない。

ソフィアは茫然自失《ぼうぜんじしつ》ながらも、ネックレスを外した。

ドレスの下に隠されていたのは、古めかしい青銅の鍵だ。

ソフィアの兄が菊華を振り返った。

「妹が大事なものを隠す場所は知っております。案内いたしますので、こちらへ」

彼は使用人にいくつかの指示を出した。

ソフィアを自室に連れて行って休ませること、その際おかしな真似《まね》をしないよう、必ず見張りをつけること。

そして令嬢達への謝罪と、必要に応じた対処。怪我をした者やドレスが汚れた者への気遣いに、不安を感じる者がいれば屋敷の者に報《しら》せて迎えを寄越してもらうこと。

応接間を出ていくソフィアの兄に続こうとして、菊華は立ち止まった。

楽しい集まりになるはずが、壊してしまった。事情を知らない令嬢達からすれば、さぞ恐ろしい一幕だっただろう。

菊華は、せめてもと深く頭を下げた。

「みなさん、たいへん申し訳ございません。お騒がせいたしました」

彼女達の表情を確かめる勇気が持てないまま、菊華はその場を辞した。

あとからジェイデンが追いついたところで、前方で立ち止まっていたソフィアの兄が、改めて謝罪の言葉を口にする。

「妹が、申し訳ありません。こうして謝ったところで償いにはなりませんが……」

「許すも許さないも、決めるのは政宗様です。私から言えることは何もありません」

菊華は最後まで聞かず、彼の謝罪に首を振った。

低姿勢に出られたからといって、許すつもりはない。

ソフィアの兄は、政宗が監禁されていることを知りながら事態を放置し、菊華達に露見したことで初めて謝罪をしたのだ。彼の罪もまた重い。

諦めて歩き出した背中に、菊華は問いをぶつける。

「あの指輪を送ったのは、あなたですね？」

彼は、こちらを少しだけ振り返り頷《うなず》いた。

「『妻に、贈ると約束をしていた。どうしてもこれだけは渡さないと、逆に騒ぎ立てるだろうから』と」

「判断を間違えましたね。これは私への贈りものではなかったのに」

実際には指輪のサイズすら合っていないのだが、そんなにも簡単な嘘《うそ》に騙《だま》されて手がかりを見逃したのか。

いや。分かっていながらあえて応じたのかもしれない。彼は騙されやすいというより、すぐに絆《ほだ》されてしまうほど人が好《よ》いのだろう。

「……政宗様の居場所を報せるために送った、と自己弁護することもできたはずです」

「助かる手はないと、半ば覚悟していたので。結婚していても諦めきれない——あの子がそう泣いた時から、こうなる気がしていました」

彼ら兄妹《きょうだい》は、両親とは仕事の都合上ほとんど別に暮らしているらしい。

「そのせいで甘やかしすぎてしまった自覚はあります。気付いた時にはもう、凶行に及んだあとだった。僕の行きつけの紳士クラブに政宗殿がいることを、使用人から聞き出したのでしょうね。遅い時間にもかかわらず馬車が一台ないから、嫌な予感がしました」

邸宅《タウンハウス》中を探し回り、ソフィアは——地下で見つかった。

昏々《こんこん》と眠る政宗を古い牢屋《ろうや》に閉じ込め、愛《いと》しげに見つめていたのだ。まるで籠の鳥を観賞するように、今にも歌いだしそうな機嫌のよさで。

「鍵はこれ一つしかないので、妹が自主的に政宗殿を解放する以外はないと思いました。地下に入り浸るあの子を説得している内に、逆に彼から目を付けられたのでしょうね」

「鍵を力ずくで奪えないほど筋金入りの妹思いで、押しに弱いし情に脆《もろ》いと？」

「おーい。さすがに言いすぎだよ、菊華」

背後からジェイデンが小声で忠告を飛ばす。

ソフィアの兄を気遣ってというより、ここで逆上されて政宗の救出に失敗する可能性を危ぶんだのだろう。

その心配はないと菊華は考えている。

ソフィアの兄は気弱そうだし、妹を際限なく甘やかしているように見えるが、実は明確に線引きをしている。おそらく今回も、露見した時点で諦めると最初から決めていた。

だから動揺も少なく、事態の把握も早かった。自身が不利にならないよう発言にも気を付けていたから、令嬢達には一貫して妹思いの可哀想《かわいそう》な兄として映っていただろう。

だから悪あがきはしない。ある意味頑固で厄介な類いだ。

ソフィアを諦めさせられるのは、絶対の信頼を得る彼以外にいなかっただろう。

そう思えば、早く対処しなかったことに関して当然引っかかる。手がかりを送るより、もっと他にできることがあったはずだ。

今となっては責めたところでどうしようもないので、責任の追及やその後の処遇など、あと始末は政宗に任せるが。

夏とはいえ肌寒く感じる地下を、灯《あか》りを手にしばらく進む。

古くは実際に罪人を閉じ込めるために使われていたのだろう。錆《さ》びついているものの、頑丈そうな牢が見えてきた。

唯一の光源であるランプの側《そば》には、たくさんの毛布が置かれている。

いいや、それはただの毛布の塊ではない。

政宗だ。地下の寒さをしのぐため、彼は毛布にくるまっているのだ。

もこもこに包まれながら本を読んでいた政宗が、足音に気付いてふと顔を上げる。

そうして浮かべた笑みは、あまりにいつもの彼らしいもの。

「——思っていたより早かったですね」

苦労など何もなかったかのごとく、優雅な第一声。

ジェイデンがガクッと脱力した。

「散々心配させておいて、君さぁ……いや、案外健康そうでよかったけど……」

「あなたも巻き込まれているだろうと思っていましたが、案の定ですか。もちろん俺は、身なりを整えることができますよね？」

「あぁもう。僕を荷物持ちの上に従僕扱いするなんて、君達くらいだからね……」

軽口を叩《たた》く間にも鍵を開けてもらい、政宗は牢を出た。

牢と聞いて焦ったけれど、身だしなみを整えれば、監禁された憔悴《しょうすい》は微塵《みじん》もない。美しさは欠けることなく、いつもの不敵な政宗のできあがりだ。
「今回の件、私の方から公にするつもりはありません。これは大きな貸しです」
彼は助かった早々、ソフィアの兄に陰湿さを披露している。
あまりにもいつも通り動いている。喋《しゃべ》っている。
一挙手一投足を眺めていれば、足が無意識に動いていた。
政宗が振り返り、その視線が菊華を映す。
「菊っ……」
続く言葉は彼の口の中に消えていく。
込み上げる安堵《あんど》に突き動かされ、菊華は彼の胸に飛び込んでいた。
ぎゅうとしがみつき、懸命に体温を感じ取る。
胸板の上下で呼吸をしていることが分かった。それに、確かに刻まれる鼓動。
生きている。
政宗は生きて、ここにいるのだ。
抱き着いているから、彼の困惑がはっきりと伝わってくる。
珍しく戸惑っているというか、途方に暮れているというか。
そわそわと落ち着きのない気配にも構わず、菊華は安心しきって目をつむった。

ようやくゆっくり息が吸えるような感覚。

——あぁ……私、心細かったんだ。この男が、突然いなくなって。

ずっと一人で生きてきたから気付かなかった。

菊華はいつの間にか、ずいぶん政宗に寄りかかっていたのだろう。

腹立たしいほど余裕があって、時折こちらを試すような目をして。笑っているのに得体が知れなくて、菊華のことなど猫か何かとしか思っていない人でなし。

けれど、本当はとっくに気を許していた。

優しさをひけらかすでもなく、当然のように家族の温《ぬく》もりを与えてくれるこの男に、菊華もまた心の一部を分け与えていたのだ。

ふと、ハイドパークでの出来事が甦《よみがえ》る。

眠れていないことに気付いたジェイデンが、労《いたわ》りに満ちた言葉をくれた。

花子だって、常に菊華の心身を気遣ってくれていた。

通常通り頭が回るようになって気付いたけれど……もしかしたらジェイデンも花子も、政宗の行方だけでなく、菊華のことも心配していたのかもしれない。

最近うまく笑えなかったのと同じ。今の今まで、彼らの気遣いに考えが及ばないほど余裕がなかった。

勝手に思い詰め、焦るあまり周りが見えなくなっていた。

それほど政宗の存在が大きくなっていたのだ。

「きっ……きき菊華が、あの菊華が、政宗に甘えるなんて……!?」

「ジェイデン、うるさいですよ。外野は黙っていてくれますか？」

「外野ってひどくない、政宗!?　もう本当に頑張りが報われない……！」

ジェイデンのあまりの取り乱しように、安堵に浸っている暇もない。『君は一人じゃない』と励ましてくれたあの頼もしさはどこへ。

逆に冷静になってきた菊華が顔を上げると、政宗と目が合った。

見慣れた腹に一物抱えていそうな企《たくら》み顔《がお》ではなく、珍しく無防備な表情。

菊華までつられてしまいそうになったが、努めていつもの調子で振る舞う。

「囚《とら》われの身で手がかりだけを寄越すなんて、図々《ずうずう》しいお姫様ね」

分かりやすい憎まれ口。

彼は二、三度瞬《まばた》きをしてから、ゆっくりと相好を崩した。

「……利口な人間であれば推理も容易《たやす》いだろうと思っていましたよ、王子様」

政宗らしい切り返しに、菊華も頬が緩むのを止められなかった。

トラスデン伯爵家の邸宅前で待たせていた馬車は、ノース家のもの。

乗り込んでしばらくすると、政宗は監禁された経緯を詳しく説明しはじめた。

「いつもの時間に迎えに来ればいいと、馬車を帰したのがよくありませんでした」

事件当夜、彼はパブを出たところで怪しい男達に囲まれたという。

何かの薬品を嗅がされ、気が付いた時には地下牢だった。

犯人は、正餐会《せいさんかい》で一度話しただけの令嬢。少女は頻繁に顔を見せるのに、会話が成り立たない。ただずっと歌うように悪意をまき散らすばかりだった。

『あの菊華という方は、あなたに相応《ふさわ》しくない。下品な笑い方、歩き方も平民のよう。丸みの足りない棒切れみたいな身体《からだ》。ドレスが似合っていない。顔立ちだって悪くないという程度で、あなたの隣に立てば見劣りする。婉曲《えんきょく》な嫌みも理解できていない。知性がない。華がない。流行《はや》りの詩の一つも口ずさめない――……』

延々と毒を吹き込まれているようで、監禁自体より辛《つら》かったという。

「こちらの意思を無視しておきながら親しげに話しかけてくるから、本当に気味が悪かったですよ。まぁ、彼女がやたらと情報を落としてくれるおかげで、あの指輪も手がかりとして成立したわけですが」

するとジェイデンはおもむろに脚を組んで、不遜な表情を作った。

「君は自分の機転で助かったと思っているようだけど、菊華だけでなく僕の協力も必須だったってこと、忘れないでよね」

おそらく、政宗を真似《まね》ているのだと思う。

優位に立てることがよほど嬉《うれ》しいようだ。彼らが日頃からどのような関係を築いているのか、菊華は密《ひそ》かに気になった。

側壁に寄りかかっていた政宗は、羽虫を追い払うように手を振る。

「はいはい、今度エールでもおごってあげますよ」

「あー、可愛《かわい》くないなぁ。助けに来てくれて本当は嬉しいくせに！」

「それでは、どの程度の活躍をしたのか、詳細に説明をお願いします」

「えっ……と、それはほら、菊華の心の支えとか！」

「あなたが？　菊華の心を？　支えたと？」

「うわぁすみませんでした調子に乗りました……って、この肩身の狭さは何⁉　一応これうちの馬車なんだけど！」

車内が喧騒《けんそう》に包まれる中、菊華は外へと視線を逃がした。

それに目ざとく気付くのは政宗で、すぐにこちらを窺《うかが》うように見る。

「どうかしましたか、菊華？」

ジェイデンへの態度との落差に戸惑いつつ、菊華は目を泳がせた。

「今回、私はあんたを助けるためとはいえ、淑女らしからぬ……ううん、人として褒められたもんじゃない振る舞いをしたわ」

「それは、具体的にどういった？」

「……住居侵入に、家屋の損壊」

菊華は、車輪の音に掻《か》き消《け》されそうな声で絞り出した。

あと、恐喝もやらかしに入るのだろうか。言葉にすると犯罪感が強い。

政宗の無言が居心地悪かった。

「その……ごめんなさい。今後、あんたにまでひどい評判がついて回ると思う……」

エチケットを放り出して戦ったことに後悔はない。

けれど菊華の評判は、夫である政宗の評価とは切り離せない。彼が欲したのは便利な女除《おんなよ》けだったのに、このままでは便利どころか社交の邪魔になってしまう。

「そんなことないよ！　菊華、君はすごく格好よかった！」

謝罪に首を振ったのは、なぜか政宗ではなくジェイデンだった。

意外なほど熱の籠もった様子に、菊華は思わずのけ反る。

彼は少年のように頰を上気させ、熱心に語った。

「こんなこと女性に言うことじゃないかもしれないけど、本当に惚《ほ》れたっていうか……胸を撃ち抜かれたよね！　危険なことがないよう僕が守らなくちゃと思っていたのに、逆にこっちが菊華の凜々《りり》しさに感動してばかりでさぁ！」

上辺だけの励ましではなく、本心なのだろう。

彼のように好意的な解釈をしてくれる者ばかりではないだろうが、気持ちが救われる。

無邪気に笑うジェイデンに、菊華も自然と微笑《ほほえ》んでいた。

その時、政宗が深々とため息をつく。

「……何度も言いましたが、いい加減俺の妻を口説かないでください」

ようやく口を開いたかと思えば、彼の矛先がまず向いたのはジェイデン。

何が気に入らなかったのか笑顔なのに不機嫌そうだし、声音も一段低い。

ジェイデンは威圧に一度は怯《ひる》んだものの、果敢にも立ち向かった。

「気を悪くさせたね。けれど、愛すべき妻にいらぬ気苦労をかけるようでは、良き夫とは言えないのではないかな？」

「ほう。結婚もせず遊び歩いていると評判の、ギルフォード伯爵家の三男坊の説教が聞けるとは。たいへん耳が痛いですね」

「ひぃぃ容赦がないぃ！　似たもの夫婦！」

ジェイデンを完膚なきまでに言い負かすと、政宗は改めて菊華に向き直った。

「……謝罪なんていりません。以前にも言ったでしょう？　あなたはあなたの思うまま、自由に行動してください」

彼は笑って菊華の肩を叩《たた》く。

甘い意味合いはなく気軽に、まるで信頼のおける仲間を称《たた》えるように。

心が軽くなって、謝罪ではなく感謝を告げようとした菊華だったが――続く言葉に顔が強《こわ》ばった。

「本当は、あなたの健全な暮らしが整い次第、すぐに解放するつもりだったんですがね。地に落ちた評判を回復させるのは、原因であるあなたの義務でしょうし……これは、長い付き合いになりそうですね？」

三割増しで輝くあくどい笑顔。

菊華は愕然《がくぜん》と目を見開いた。

健全な暮らし？　解放？

彼が何を言っているのか全然分からない。

「え、だって……え？　それってまるで、ただの善意みたいじゃない？」

恐るおそる疑問を口にすると、政宗は優雅に目を細めた。

「もちろん、ただの善意ですよ。当時の発言通り、あくまで保護のつもりでした。あなたが恵んでくださった金を元手にして、俺の今の地位があるんですから」

あの船上で、彼はいかにも芝居がかった口調で菊華を慰めた。

そうして、自分のところに来ないかと提案したのだ。

菊華を庇護《ひご》する。何不自由のない生活を享受していればいい。

そんなうまい話があるはずない、必ず裏があると疑ってかかったのは……菊華の方。

「な、何か企みがあって、私を手元に置くために、偽装結婚をしたんじゃ……？」

当時の出来事に恩義を感じているのでは、と考えたこともあった。

けれど金を施した菊華の態度はかなり悪いものだったし、今となってはあの程度、彼にとって端金《はしたがね》だろう。

何より、政宗の笑みが、いかにも悪事を企てていそうだったから。

もはや震えだしていた菊華に、彼はすこぶる美しい笑顔のまま、渾身《こんしん》の一撃を放った。

「そもそも、恩返しですよ。損得など考慮するわけがないでしょう？」

菊華は座席に手をついて絶望した。

疑心暗鬼になって政宗を疑い続けたのも、今回の失踪騒ぎで大立ち回りを演じ彼の名誉を著しく損なったのも——全部、自業自得だった。

「あぁもう嘘《うそ》でしょ……あんたの企み顔さえなかったら……」

普段なら眼福ものの笑顔も、今ばかりは心底憎たらしい。

少なくとも、嫌みたっぷりな態度で勘違いを突き付けられなければ、ここまでばつが悪くならなかったはずだ。

政宗はなぜか機嫌がよさそうに苦笑している。

「何ですか、企み顔って？」

「言葉の裏に何か別の思惑がありそうっていうか、平然と他人を足蹴にできそうっていうか、最終的に主人公を裏切りそうっていうか……」

「主人公のたとえに関してはよく分からないにしても、他人を足蹴にしても良心が痛まないのは事実ですね。あなたには誠実なつもりですが」

「だからそういうところなのよ……」

結婚の経緯を知らないジェイデンはここまで静観していたが、見かねて菊華を庇《かば》う。

「政宗って、本当に楽しそうに人をいたぶるよねぇ。でも、意地悪ばかり言っていると、大事な妻に嫌われちゃうよ？」

今の会話を聞いて、よく『大事な妻』という単語が出るものだ。

ありがたいが助け舟にはならないだろうと想定していた菊華だったが、ここで予想外にも政宗が黙り込む。彼が言い負かされるなんて非常に珍しい。

――え。どこ？　今のどの辺りが急所だったの？

詳しく知っておいて、ぜひ今後活用していきたい。

現金なもので、菊華はすっかり立ち直っていた。好奇心に瞳を輝かせながら、前のめりになって親しげなやり取りを見守る。

「――ジェイデン。あとで覚えておけよ」

「えぇ!?　怖い！　けどちょっと待ち遠しい！」

「黙れ変態が」

やっぱり、親しげというのは気のせいかもしれない……と内心遠巻きになっていた菊華に、政宗が視線を合わせる。

彼は胡散臭《うさんくさ》さを前面に押し出した笑顔だった。

「ところで、菊華。俺が何であの指輪を持っていたのか、不思議に思いませんか？」

「へ？　えぇ、それはまぁ……」

確かに、その疑問はあった。

たまたま持っていたにしては、アクロスティックジュエリーというのは意味深だ。しかもサイズが合わないため、菊華宛てでないことは容易に分かる。

「あれは、拉致当日に紳士クラブで預かったものです。どうしてもと頼まれましてね」

彼の言葉に、菊華は猛烈に嫌な予感がした。

ソフィアを煽《あお》る武器にした指輪は、まだ薬指に収まっている。

政宗の胡散臭い笑みに、さらに磨きがかかった。

「また、いわくつき担当の出番ですね。あの指輪は、何度手放してもいつの間にか持ち主の元へ返ってくる代物だそうですよ」

……やはり、いわくつき。

アクロスティックジュエリーが流行したのは今世紀に入ってから。それほど古いものではないし、骨董《こっとう》特有の気配も感じないからと、安易に着けてしまった。

焦るあまり、そういった意味でも何も視《み》えなくなっていたようだ。便利なようで肝心の時に役に立たない能力。

いわくつきだと事前に知っていたら、決してはめたりしなかったのに。

「あんたって、やっぱり悪魔だわ……」

「夫に対してひどい言い草ですね」

菊華の恨み言に、政宗は平然と軽口を返す。

いつもの皮肉の応酬をはじめる二人をよそに、ジェイデンは頬杖《ほおづえ》をつきながら呟《つぶや》いた。

「全く態度を改める気がないんだから、政宗は本当に救いようがないよね。……痴話喧嘩《ちわげんか》にしか見えなくてちょっと羨ましいとか、別に思ってないけど」

急速に独り身の侘《わび》しさを実感したジェイデンは、乾いた眼差《まなざ》しで車窓の景色を眺める。

大きな騒動があったわりに、帰途につく馬車の中は終始賑《にぎ》やかだった。

◇◆◇

「女性の社会進出は当然の流れ、最近は中流階級でも働く女性が増えてきているのに、貴族階級ばかりが古いしきたりに縛られ続けるのはおかしいわ！」

「古き文化を守るのは大切なことだけれど、産業革命を経て時代はどんどん様変わりしているのですから、それだけでは社会から取り残されてしまいます！」

「スポーツや政治は男性にしか分からない難しい話だなんて、決めつけよ！」

……お茶会では小鳥がさえずるようだった令嬢達が、血気盛んに吠《ほ》えている。

菊華は目を丸くしたまま、熱き討論を眺めた。

現在、ヘンリエッタの呼び出しに応じ、シャフツベリ伯爵家の邸宅《タウンハウス》を訪問していた。

招待の目的は、先日のトラスデン伯爵家での騒動に関することだろう。

菊華とソフィアの間に確執があったとはいえ、それは他の令嬢達には関係のないこと。

招待されたわけでもないのに勝手に乱入し、お茶会を台無しにした。ヘンリエッタから非難を浴びるのも仕方のないこと。

そう身構えていた菊華を迎えたのは、彼女だけではなかった。

そこには、あの日ソフィアの邸宅に集まっていた令嬢が三名。

しかもはじまったのは罵詈雑言《ばりぞうごん》での糾弾ではなく、謎の徹底討論。このまま朝までで も盛り上がれそうな勢いだ。

——もしかして……私がしたことの正当性を、論じているの？

貴族からすれば目も当てられない行為。

厳しい評価を下した者もいるから、この場にはヘンリエッタの他三名しかいない。

女性の参政権さえ未《いま》だに認められていないのだ。

上流階級の男性は、女性に淑《しと》やかな振る舞いを求める。

また女性自身すら、家内で刺繍《ししゅう》などをしながら過ごすのが当たり前だと思っている。

大切にされて育った上流階級の女性こそ、そういった傾向が顕著だった。

それでも、全員とはいかないまでも、ジェイデンのように肯定してくれる令嬢もいたのだ。意外な、けれど力強い後押し。

状況についていけずぽかんとする菊華に、ヘンリエッタが話しかけた。

「あなたは、私達を怖がらせたと勘違いしているようだから。そう感じる者ばかりでないことは、実際に目にした方が早いでしょう？」

「レディ・ヘンリエッタ・クーパー……」

「ヘンリエッタで結構よ。まぁ、私の忠告が役に立ったようで何よりだわ」

忠告という単語に首を傾《かし》げた菊華は、数秒後にこぶしで手の平を打った。

確かに『ソフィアには気を付けなさい』と伝えられた。あれは、政宗を慕っているはずなのに、菊華に友好的に接するのはおかしい、という意味だったのか。

合点《がてん》がいった時に行う和製の動作など分かるはずがないのに、表情と態度がよくなかったのか、あっさり察したヘンリエッタの眼差しから温《ぬく》もりが消える。

「……何なの。その、まさに今思い出したと言わんばかりの仕草は」

「すみません。忠告より、忠告をくれたレディ……ヘンリエッタ様のお気遣いの方が嬉《うれ》しくて、内容が頭から抜けておりました」

「あなたという方は……」

唇を戦慄《わなな》かせながら、彼女は頬を赤くした。ティーカップを持つ手も震えているから、これは相当怒っている。

今度こそ非難の集中砲火の危機と青ざめる菊華を助けたのは、華やいだ少女達の声。

「そう！　菊華様が、とにかく格好よかった！　それが全てです！」

「えぇ、えぇ！　だってもう、本当に素敵だったもの！」

「恐れず怯《ひる》まず、敢然と立ち向かっていくあの姿……まるで叙事詩に登場する、勇敢な騎士様のようでしたわ！」

「政宗様は、ああいった強い意志をお持ちのところに惹《ひ》かれたのでしょうね！」

「キャーッ、想像しただけでもう……！」

菊華と政宗を話題にして盛り上がりはじめた令嬢達に、苦笑いがこぼれる。

これから素敵な出会いが待っているからこそ、少女達は恋愛に重きを置く。全ての物事が恋愛に直結していると言ってもいい。

眉をひそめる大人もいるだろうが、この時期特有の強さであり武器だと思う。つまり、女の子は最強なのだ。

怒りが削《そ》がれたのか、ヘンリエッタも疲れたように首を振っている。目が合うと、ほんの少しだけ笑った。

菊華は目を瞬かせたあと、彼女に笑顔を返す。

そうして二人、恋の話で盛り上がる輪の中に交ざっていった。


日が傾いた頃ようやく邸宅に戻った菊華は、政宗の執務室に直行していた。

「そういうわけで、私にも友達がたくさんできたのよ。やたら尊敬の眼差しで見つめられるし、呼び捨てでいいと言っても頑《かたく》なに『菊華様』だし、よく分からないけど、そういう関係の友達ってやつよ、きっと」

鼻高々で自慢する菊華を、政宗は興味深げに観察していた。

「最近のあなたは、やけにこの部屋に入り浸りますね」

「そうかしら？　ごめんなさい、仕事の邪魔なら出て行くわ」

「いいえ、いい傾向だなと」

「？」

分からない。『菊華様のこと、お姉様とお呼びしてもよろしいでしょうか？』と熱い眼差しで訊《き》いてきた令嬢くらい分からない。

政宗は仕事の手を休めると、頬杖をついて微笑《ほほえ》んだ。

「何にしてもよかったですね。避暑地に誘われるようなことがあれば、早めに知らせてください。別荘を借りる段取りもしなくてはなりませんので」

避暑も社交ということで、必要経費にしてくれるらしい。

ロンドン社交期はもう終盤。

八月になれば王室が後援するヨットの大会もあるため、上流階級の人々は女王にならい避暑地へと移動する。王都の高級住宅街は、これからどんどん閑散としていくだろう。

菊華は『東堂骨董店』が休業にならない限り、長期休暇を取るつもりはない。政宗が言うように、誘われたら対応するというかたちでいい。

「……トラスデン伯爵家の件ですが」

政宗の声音が真剣みを帯びたので、ソファでだらけていた菊華も居住まいを正す。

菊華の噂《うわさ》が恐ろしい武勇伝として知られているように、トラスデン伯爵家の醜聞も、今や大衆紙に書き立てられるほど広まっていた。

あの場には令嬢達だけでなく、多くの使用人もいた。誰が漏らしたのか分からないが、人の口に戸は立てられない。

「これだけ噂が広がってしまえば、当主が大法官だろうと揉《も》み消《け》すことはできません。よって、警察も無視できない。令嬢は何かしらの処分を受けることになるでしょう」

ソフィアは腐っても伯爵家の令嬢。処分といってもほとぼりが冷めるまでの謹慎や、修道院で過ごすといった程度だろう。

ただ、結婚前に瑕疵《かし》がついてしまったことは確かだ。そして上流階級こそ、こういった醜聞にはうるさい。

──まぁ、身勝手な理由で政宗を監禁した相手だし、私も同情しないけど……。

彼は、こうなることを見越していたのではないだろうか。

ソフィアの兄に念を押した時も、私の方から公にするつもりはありません、と強調していた。誰かが吹聴すると分かっていたから、『脅し』はせず『貸し』とした。

「あんたって、末恐ろしいわね。警察とも繋《つな》がっているわけ？」

「いいえ。こちらの警察とは、今回初めて繋がりを作りました」

「『こちら』……？」

それなら、どちらの警察と繋がっているのだろう。

ぼんやり疑問が湧く菊華と、彼はしっかり目を合わせた。

「日本国の警察とは、繋がっています。あなたの叔父夫婦、ようやく逮捕されましたよ」

「……は⁉」

まるで明日の天気を話すように気軽な口調だが、内容は無視できない。

菊華は限界まで目を見開いて政宗を凝視する。

「あのクズ共、病弱な先代の妻に全ての罪をなすり付けて豪遊していた上に、きな臭い連中とも繋がりがあったようです。そいつらと組んで、人を騙《だま》して金を巻き上げることもあったとか。全く、優雅な華族の遊びもあったものですね」

だが彼らはつい先月、古くから御殿医を輩出する家系の令息に手を出してしまった。

獅子《しし》の尾を踏んでしまい、あえなく御用となったわけだ。

「醜聞のあった家で働いていた使用人達も、次の働き口を見つけるのに難儀することでしょう。クソみたいな人間共が、どうか末永く路頭に迷いますように」

クズ呼ばわりといい、ものすごく口調が乱れている。私怨でもあるのだろうか。

叔父夫婦や一之宮家の使用人は彼に何をしてしまったのだろう。

それこそ、獅子の尾ではないか。

「一之宮家のその後について、何でそんなに詳しいのよ？」

何気ない問いかけに、政宗はゆったりと微笑んだ。

まさに悪の華という表現が相応《ふさわ》しい、愉悦をたたえた笑み。

「俺が一之宮家に詳しいのは、あなたのクズな叔父夫婦の悪事の証拠を押さえ、逮捕に協力をしたからです。子爵位とはいえ、警察も華族には手を出しづらいので」

「それは……あんたが動いたから、一応当主代理だった叔父が逮捕されたってこと？」

菊華の中に散らばっていた疑問が、少しずつ集約していく。

つまり――政宗は何者だ？

透き通った黒灰色の瞳をじっと見つめる。

彼もまた菊華を注視していた。慎重に、反応を推し量るように。

黄昏《たそがれ》に沈む執務室。メイドが点《つ》けていった灯《あか》りが、執務机の上で頼りなく揺れている。

「俺の母は、当時来日していた蘭方医《らんぽうい》の娘でした。そして父親は……三十万石越えの元大名家である、綾時《あやとき》侯爵家の当主です」

菊華はゆるゆると瞠目《どうもく》する。

綾時侯爵家。華族に仲間入りするため躍起になっていた一之宮子爵家とは天と地ほども差のある、旧華族。大名華族だ。

驚くと同時に納得もした。政宗の佇《たたず》まいがどこか上品なのは、血筋もあるのだろう。

そして、母親は蘭方医の娘。

両者がどういった経緯で出会ったのかは分からない。

けれど、異国の血が混ざることに綾時侯爵家が寛容かといえば答えは否で――路上に座り込む在りし日の姿を思い浮かべるだけで、政宗の半生の苦労が読み取れた。

それでも菊華はただ事実として受け止め、彼が切り出した話を先に進める。

「……なるほど。綾時家の名を出すだけで、警察なんぞ簡単に動かせるってわけね」

「はい。綾時など一族郎党滅べばいいとすら思っていますし、勝手に骨肉の争いでも繰り広げて自滅してくれれば清々しますが、この忌まわしい血にも一之宮家を潰すくらいの価値はあったということですね」

「あんた……一之宮家に、何か恨みでもあるわけ？」

「あなたは、奴《やつ》らにとってただの庶子――贋物《にせもの》でしかなかった俺の人生を、すくい上げてくれた人です。一之宮家は俺の恩人を虐げました」

ほの暗い感情を忍ばせた声。

軽口で誤魔化しても、語られることのない過去の因縁が垣間見《かいまみ》えた。

執務机から立ち上がった政宗の姿が、闇に溶けるようにして消える。机の上の灯りだけでは、広い執務室を照らしきれていなかった。

足音は、菊華が座るソファに近付いてくる。

影を背負って立つ彼の表情は見えない。

それはまるで、闇を従える悪魔が降り立ったかのよう。

「あなたが言っていたように、俺は悪辣な部類の人間です。……怖いでしょう？」

菊華は、不思議に思いながら政宗を見つめる。

悪魔のようなのに、やはりどうしてか怖くないのだ。

一之宮家を破滅に追い込んだ理由に、菊華を虐げたことを挙げたからだろうか。

それとも、こちらが頷《うなず》けば今にも手を離してしまいそうな、危うさがあるから？

彼の声音は突き放すようなのに、どこか苦しげにも聞こえた。

以前までは、政宗が何者だろうと関係ないと思っていたのに。

今は、彼が口にしなかった過去を知りたい。

悲しみや苦痛を少しでも分けてほしい。

菊華は、胸にわだかまる思いや疑問を全部呑《の》み込《こ》んで——鼻で笑ってみせた。

「そんなの、怖いに決まっているじゃない」

きっぱり言い切ると、政宗が目を瞬かせる。

「そこまで力強く肯定されるとは思っていませんでした……」

「それは質問したわりに覚悟ができてなかったってことじゃない？　本気でいつか笑って裏切られそうな気がするし野垂れ死にしそうな子どもがいても気にせず素通りしそうだしあんたのどこに怖くない要素があるのかむしろこっちが訊きたいくらいよ」

「そ、そんなにも……」

息継ぎなしでまくし立てたせいか、彼は戸惑っているようだ。

菊華は、暗闇ごと包み込むように手を伸ばした。

「――贋物の、何が悪いの？」

両手で政宗の顔を挟むと、自分の方にぐいと引き寄せる。

ここまで近付けば、彼の表情から暗い陰りが消えているのがよく分かる。

菊華は会心の笑みを浮かべた。

「もちろん、価値を偽って贋物を売るのは骨董品《こっとうひん》への冒瀆《ぼうとく》、許しがたい行為よ。けれど、ものの価値基準は真贋《しんがん》だけじゃないでしょう？」

ヘンリエッタが身につけていた鳩《はと》のブローチと同じこと。

アンティークジュエリーでないというだけで、あれ自体に大きな価値があったように。

魂を削って作られたものだけが放つ、圧巻の美しさ。

本物、贋物。

その基準には明確な指標があるけれど、大切かどうかは一人一人の判断にゆだねられているのだ。その時代、場所によって価値が変動するものであればなおのこと。

司法の下で厳格に裁かれているかもしれない叔父夫婦より、目の前にいる政宗の方が何倍も大切なように……血の繫がりすら、家族をただ結び合わせることはできない。

互いへの理解を深め、力を尽くして絆《きずな》を守っていく。

そうしてできた家族が贋物だろうと——がらくただろうと。

菊華にとっては何にも代えがたい価値があるのだ。

「贋物だってあんたを手放した奴に、高笑いしてやりたいわ。見る目がなかったってね」

政宗はぽかんと口を開いたまま動かない。

滅多にないほどの間抜け面。

菊華が思わず噴き出すと、彼もつられたように笑み崩れる。

毒気のない、冬の日差しのごとく澄んだ笑顔。

それこそ珍しくて、菊華はこっそり凝視してしまった。彼の周囲だけキラキラと輝いているように見える。

政宗は頬を摑《つか》んでいた菊華の手を剝がすと、そのまま両手で握り込んだ。額にそっと押し当てる仕草は、神に祈りを捧《ささ》げるようでもある。

「……あなたが、生きていてくれてよかった。遠い異国の地で、しかも男装をしてまで生き延びるしぶとい根性。尊敬に値します」

「絶対嫌みでしょ、それ」

忍び笑いを漏らしながら政宗が離れていく。

キャンドルスタンドに火を移す彼の表情は元通り、いつもの胡散臭《うさんくさ》い笑みだった。

「せっかくここまで話したので、あなたにぜひお見せしたいものがあります」

こういう時、彼に従っていいことがあった例《ためし》がない。

非常に嫌な予感がするものの、促すように歩き出す政宗に菊華もついていく。

廊下へ出て、邸宅《タウンハウス》を奥へと進む。まだ入ったことのない区画だった。

たどり着いたのは、光の差さない部屋。

窓がないのか、それとも遮光が施されているのか。

床は木材が露出しており、足音がよく響く。反響具合で広くない部屋だと分かった。

政宗は無言で、キャンドルスタンドに火を入れていく。

部屋が少しずつ明るくなるに従い、菊華は声を上げそうになった。

楕円形《だえんけい》の背もたれに、花と孔雀《くじゃく》が刺繍《ししゅう》された薄青のシルクが使われている椅子。貝殻の彫刻装飾と、猫のような曲線の脚をもつテーブル。カットガラスが輝く水差し。首から鈴を下げた犬の置物。象牙色の地色に色絵や金彩が施された、薩摩《さつま》錦手《にしきで》の平皿。

それに、菊の花が大胆にあしらわれた伊万里焼《いまりやき》の大皿も。

見開いた瞳から勝手に涙がこぼれ、視界がぼやけていく。

菊華は震える手で、きつく口許《くちもと》を覆った。そうしていなければ嗚咽《おえつ》が漏れそうだった。

全て、全て見覚えがある。

一之宮家の収蔵庫にあった骨董品。懐かしい、紛れもない宝物達。

差し押さえられ、押収されるところを目にしている。

自分の店を持つようになれば、いつかは取り戻したいと願っていた。けれど頭のどこかで、本当は難しいことも分かっていた。

こういったことは初動の早さが肝心なのに、既に年単位で時が経過している。

個人の手に渡っていれば交渉の余地などないし、ましてや大切にされているものを奪えば、菊華の願いはただの身勝手になってしまうから。

「実際は差し押さえでなく質に流されていたので、流通経路を調べるのに苦労しましたが。あなたの大切なもので、あのクズ共が私腹を肥やすなんて、我慢なりませんから」

政宗は何てことなさそうに話すが、これだけ回収するのがどれほどたいへんなことか。人脈も会社の力も駆使して、心を砕いてきたに違いない。

菊華はよろよろとした足取りで、金メッキ加工が施されたカブリオレ・レッグのコンソールテーブルに近付いた。

この猫のような脚の正式名称を、今の菊華は知っている。フランスを起源とする華麗なロココ様式であることも。

椅子はルイ十五世様式のフォートゥイユと呼ばれるアームチェア、水差しの装飾パターンはストロベリー・ダイヤモンド・カットと、ヴァーティカル・フルーティング。

いつの間にか、こんなにも詳しくなっていた。

骨董を好きだと言えば嫌な顔をされるだけ。

だから、詳しく知ろうとすることさえ我慢して、心の奥底に愛情を押し込めて、隠していたのに——今ようやく、幼い頃の自分が報われたような気がした。

静かに涙を流す菊華の隣に、そっと政宗が並び立つ。

「あなたの生存に一縷《いちる》の望みを懸けて集めていました。あなたの失踪を知った時の未練といいますか、後悔といいますか」

商会が軌道に乗ってから恩人を捜しはじめた政宗は、菊華が失踪していたことを知って愕然《がくぜん》としたのだという。

当時から既に一之宮家は傾きはじめており、あの施しは菊華にとって、貴重な財産だったのではないかというのも……全部あとから知ったこと。

「もっと早く調べていればよかったんです。そうすれば、あなたが苦労することはなかった。……一之宮家を潰したのも、本当は八つ当たりという自覚があります」

菊華は涙を拭いながら急いで首を振った。

叔父夫婦に仕返しをしてくれたことより、何よりも嬉《うれ》しい。

「ありがとう、政宗……すごく感謝しているわ。本当に、本当に大切なものだったから」

菊華が笑うと、政宗もようやく安堵《あんど》の笑みを浮かべた。

「そう言っていただけると嬉しいのですが……実はこのコンソールテーブル、なぜか移動していることが多々ありまして……」

「あぁ。それは、ここにあるほとんどが、うちの神社に持ち込まれたいわくつきの骨董品だから。他に、あの水差しが急に震えだしたりもしたでしょう？」

「なるほど……あなたは生まれながらに、いわくつき骨董と縁が深かったんですね」

皮肉を聞き流し、紺地に菊の花が鮮やかに描かれた大皿に触れてみる。

馴染《なじ》みのある凜《りん》とした気配。

間違いなく収蔵庫にあったのと同じものだった。

「本当にありがとう。ここにあるもの全て、契約満了時の報酬ってことでいいのよね？」

「急に図々《ずうずう》しいですね。さすがです」

政宗の方も急に艶っぽく目を細めると、菊華の髪を飾るエナメルのピンを外す。また少し伸びた黒髪が、肩から流れ落ちる。

「ちょっと、何すんのよ」

非難の声に応えず、彼は菊華の髪に指を絡めた。

その手付きは慎重で、ごく紳士的なのに、笑みは滴るような色気をたたえている。

「報酬とするよりむしろ、このまま夫婦でいる方が手っ取り早いと思いませんか？　夫の財産は妻のものでもありますし」

「上流階級の結婚には婚姻継承財産設定が欠かせないって、聞いたことがあるけど」

菊華達には無用だった、婚姻継承財産設定。

妻に支給される小遣い銭から、孫ができた時の分与金、夫が先に亡くなった場合の寡婦給与。反対に、妻が先に亡くなった際、子どもがいなければ妻の持参金は夫のものとなるのか、あるいは実家に戻されるのかなど、新生活を営むにあたって、事前に両家の親同士で取り決め、法律家の手によって文書として残すのだ。

きっぱり現実的な意見を口にすると、政宗は手で顔を覆い隠してしまった。

「本当に……情緒をどこに置き去りにして……」

「失礼ね。事実だし、上流階級に仲間入りするならちゃんとすべきでしょう。そもそも、私達は贋物《にせもの》の夫婦だし」

「安心してください。本物と贋物の境界なんて曖昧なものです」

「うわ。あくどい商売人みたいなことを言い出すじゃない」

政宗はころりと笑顔に戻っていた。

菊華は半眼になって身構える。

こういう手合いには近付かない方がいい。契約なんて簡単に踏み倒してしまうからだ。どうしても近付かざるを得ない場合は、決して心を許さず対処しなければならない。油断せず、失言にも気を付けて。

「贋物を……本物にしてみましょうか？」

ゆらりと、政宗の影が動いた。

頬に長い指が添えられる。執務中だったため、彼は手袋を外していた。

触れた指がやけに熱くて、菊華は混乱した。

そうだ。彼はただ美しいだけでなく、血の通った人間だった。

家族のような存在でもある。

だから今――こうして動けなくなっているのだろうか。

頭が熱くて何も考えられない。

分からなくなってくる。

溶け合うように広がっていくこの熱は、本物。

贋物は本物になり得るのか――……。

「たいっへん申し訳ございません私ったら灯《あか》りをつけるのが遅くなってご不便ございませんでしたか暗がりに連れ込んで何をしていやがるのかしらホホホー！」

距離の近い二人を邪魔するように、突如嵐が舞い込む。

ものすごく、ものすごくあからさまに割り込んできたのは、花子だった。

政宗は困った笑顔で彼女を振り返る。

「……この部屋は維持管理だけで、灯りをつける必要はないと言ったはずですが？」

「そうでしたかしらたいへん申し訳ございませんでした本物の夫婦じゃないのに手を出そうなんて許しがたいことですわー！」

何やら花子から、殺気のようなものがにじみ出ている。あと語尾の、雇用主に対する暴言が隠しきれていない。

菊華にはピンとくるものがあった。

アイヴァー男爵夫人からうさぎの根付を預かった時、花子には愛する相手がいるのではと推測していたのだ。

まさかそれが、政宗なのでは？

菊華は無意識に、二人から距離をとっていた。こうして第三者の視点で見れば、少し激しい痴話喧嘩《ちわげんか》に思えなくもない。

すうっと身を引いていく菊華の表情を見て、政宗が焦りを見せた。

「花子さん、菊華におかしな誤解をされていますよ。これ以上は俺達の関係を隠さない方がいいと思います」

「俺達の、関係……」

「花子さん、頼むから話しましょう。お願いですから」

妙に必死に懇願する政宗が、花子を急《せ》き立《た》てる。

彼女は窺《うかが》うように菊華をちらちらと見ていたが、やがて観念して頷《うなず》いた。

躊躇《ためら》いを感じさせる緩慢な動作で、花子は眼鏡と、頭の白いキャップを外す。

特徴でもあったつる付き眼鏡を外すと、彼女は思っていたより若く見えた。三十代後半から四十代という印象だったが、三十歳をいくつか過ぎたくらいかもしれない。

それに瞳のかたちや口許に、どこか見覚えがあるような気がした。

「私の名前は、花子ではありません。本名は——華江《はるえ》」

華江。その名前を聞いた瞬間、既視感の正体を悟る。

花子——華江は、鏡で見慣れた菊華自身に似ているのだ。

「ずっと隠していてごめんなさい。あなたが苦しんでいる時に何もできなかったから、名乗りを上げることができなくて……」

「お、かあさん……？　花子さんが……お母さんだったってこと……？」

菊華の問いを、華江は弱々しく肯定する。

衝撃だった。

——何が信じられないって……全然病弱そうに見えないじゃない。

母がこんなに近くにいたということにも驚いたが、半年ほどの付き合いで彼女の健康さはよく分かっていたから。

頭の中に、女中から聞いた母の噂《うわさ》が駆けめぐる。

病弱で、一之宮家には厄介払いで嫁いできた。我が子を愛していない。だから一度として娘に会いに来ない。

健康なのに会えなかった？

いつもの強気で問い質《ただ》すことができず、唇が震える。

崩れ落ちそうな菊華の肩に、政宗の手が置かれた。

「きちんと説明をした方がいいですよ。おかしな誤解は、事態を余計混乱させますから」

彼の存在に気付くと、それだけでゆっくりと息が吸えた。

少なくとも今の菊華は一人ではないのだ。

深呼吸をして、努めて冷静に母と向き合う。

華江は、政宗など眼中にないと言わんばかりにこちらを見つめている。気遣わしげな眼《まな》差《ざ》しは、普段から彼女に向けられてきたもの。

ふと、体の緊張が解けた。

そうだ。いつだって華江は、菊華を優しく教え導いてくれた。

疲れている時に甘いものを用意してくれたり、笑顔で励ましてくれたり。政宗がいなくなった時だって、ともすれば彼の安否以上に菊華のことを心配してくれていた。

正体を隠していたからといって、これまでの思いやりが嘘《うそ》だったことにはならない。

「私も——聞きたい。何か事情があったなら、聞かせてほしい」

勇気を出して告げると、華江は濡《ぬ》れた瞳を揺らした。

「菊華……けれど、私には弁解をする資格すら……」

「弁解かどうかは自分で判断できるわ。私は小さな子どもじゃないの」

「あぁ……そう、そうよね……あなたには知る権利があるわ……」

華江は何度も鼻をすすっていたけれど、しばらくするときっちり顔を上げた。

状況を見極めて感情を排した華江は、間違いなく上流階級に連なる女性だった。

「一之宮家の先代……あなたの父上と私は、完全なる政略結婚で夫婦となりました」

父は地位に執着し、上位の華族達と繋《つな》がりを作るのに腐心していた。

とりわけ情熱を注いでいたのは、生粋の上流階級である旧華族の血を、一之宮の一族に取り入れること。そうして生まれた男児を跡継ぎに据えること。

由緒ある武家とはいえ、母の実家は小さな家門。

父はさらなる高貴な血筋を求めたのだ。

母と結婚したあとも、旧華族との繋がりを得るため社交の日々。それゆえ家の内外のことは、どんどん疎《おろそ》かになっていく。

厳しくいさめる華江は、父にとって疎ましい女だった。

嫌気が差した父はある日、母を僻地《へきち》の別荘へと追いやった。

社交界に出ることも、娘に会うことも禁じた。部下の監視をつけて、二度と本家に顔を出せないようにしたのだ。

「病弱という噂も、当時あの男が捏造《ねつぞう》したものでした」

それでも華江は諦めず、監視の目をくぐり抜けて何度も本家に乗り込もうとした。直訴の手紙を送った回数だって数えきれない。

先に音を上げたのは父の方で、ついに華江を離縁すると共に――一之宮家から追放した。

この時華江は『よっしゃあ!!』と快哉《かいさい》を上げたという。

「着の身着のまま追い出されたことは腹立たしかったけれど、これで解放されるという高揚感の方が強かった。けれど……ただ一つの気がかりは、本家に残してきた幼い娘。あの男が会わせてくれるはずなどないし、手紙を書いたってきっと握り潰されてしまうでしょう。そこで私は……一之宮家を監視し返してやることにしたのです」

「……監視？」

「ええ。この身一つさえあればどこでも生きていけますが、あえて一之宮本家の近くに潜もうと思いました。すぐさま友人を訪ね、家庭教師の仕事にありついて」

強いし逞《たくま》しい。この逞しさのせいで父と反りが合わなかったのだろうと容易に想像がつく。屋敷を追い出されたくだりの『よっしゃあ!!』にも凄《すさ》まじく血を感じた。

この時点で菊華は既に遠い目だったが、話の行く末を見届けることにした。

一之宮本家に近い華族の屋敷に潜めば噂が拾えるはず、という母の目論見《もくろみ》は当たった。

そうして流れ聞いた噂は父が死んだというものや、当主代理には父の弟が納まったというもの。兄に似て遊び歩いているというもの。

娘のためにできることはないかと、何年も手をこまねいている間に……今度は、一之宮家の令嬢が行方不明になったという噂が届いた。

当時の絶望は計り知れない。

何もしてあげられなかった。ほとんど顔を見ることすら叶《かな》わなかった――……。

「失意に沈む私を救ってくれたのは、綾時家で共に働いていた光影さんでした」

「……え、待って。理解が追いつかない」

ここで綾時家が登場するとは。それに光影まで。

菊華は錆《さ》びついた人形のように、ぎこちなく政宗を見上げる。

彼はこくりと頷き肯定を示した。

つまり、菊華の想像通りなのか。

この綾時家を通じた奇妙な縁で、政宗と華江、そして光影は繋がっていたのだ。

上流階級らしい佇《たたず》まいの華江が、典雅な所作で頭を下げた。

「どんな謝罪も意味がないことは分かっています。ですが……あなたを全身全霊で愛し、あらゆる危険から遠ざけ、大切に慈しみ育てていくことができなかった私の非は、永遠に悔い続けるべきものであり――……」

「いや、そこまでしてもらわなくても……」

華江のやる気がみなぎりすぎているせいで、また思わず口を出してしまう。熱量。

菊華は、どこか拍子抜けした気分だった。

女中達の噂とは全然違う。

母は、菊華を愛してくれていた。

怖かったけれど向き合ってよかった。自分の目で確かめてよかった。

頭を下げ続けている華江を見て、怒りなど湧かない。

菊華は苦笑をこぼし、母に向かって一歩踏み出す。

「永遠に悔いるより、もっと一緒にいたいわ……お母さん」

「菊華……！」

顔を上げた華江は、涙と鼻水でぐちゃぐちゃだった。俯《うつむ》くことで隠していたのだろう。

もう上流階級らしさは放り出したのか、勢いよく飛びついてくる母を受け止める。

「うぅぅぅっ、ありがとうぅぅ……大好きぃぃぃ……！」

「はいはい、私もずっと会いたかったわよ」

何だか締まりのない感動の抱擁だ。

ちょっと頭の片隅で、華江の好きな人ってつまり光影では……と思わないでもないし。

泣きじゃくる母をぞんざいにあやし、背中を叩《たた》く。

同じように背中に回された腕の強さが、華江の愛情の深さのようで嬉《うれ》しかった。

「こうなってくると、今まで何で気付けなかったのかしら……」

よく考えれば初対面の瞬間から好感度が異常に高かったし、あれほど親身になってくれた。わりと全部態度に出ていたのだ。

菊華の独白に同意したのは政宗だった。

「えぇ、あなた方はそっくりですからね。偽名が雑なところも含めて」

確かに、太郎と花子って。親子揃《そろ》って恥ずかしい。

華江は菊華の肩に両手を置くと、鼻息荒く提案した。

「菊華、私はもう遠慮しないわ！　これからはずっと一緒にいましょうね！　偽装結婚期間が終わり次第、どこかに家を買って二人で暮らしましょう！」

「え……」

「はぁ？」

菊華とほぼ同時に反応した政宗の声が低くなった。ちょっと本性が出ている。

彼はすぐに笑顔を取り繕うと、菊華と華江の間に体をねじ込んだ。

「感動の対面に水を差したくないから黙っていましたが、そういうことでしたらこちらも大人しくしてはいられません。恩を仇《あだ》で返すとはこのことですね、華江さん。どうしても出て行きたいなら、あなた一人だけでお願いします。紹介状はお出ししますよ」

「おぉ怖い。菊華、傲慢な男を夫にすると絶対に苦労するわ。これ、母からの教訓」

あと、あくまで契約関係でしかない女性を強引に暗がりに連れ込む男も論外。

そう言い切る華江は、娘を全身全霊で愛し、あらゆる危険から遠ざけ、大切に慈しみ育てていくというのを、早速実践しているようだ。

過保護ぶりが照れ臭くなってきた菊華に代わり、政宗が彼女を迎え撃った。

「俺が傲慢？　働かずにいる侍女長を咎《とが》めることのない、実に寛容な男ですが」

「そうやってまた二人きりになろうとしたって、そうはいきませんよ！　妻の母親を平然とこき使おうとして……何と冷酷、悪逆非道！」

「あぁ、今の状況で菊華の母を名乗るのはやめてもらいましょう。さる華族の令嬢ということになっているので、彼女の立場を守るためにも」

「恐ろしい……！　その上さらに母子《おやこ》を引き裂こうとする知能犯ぶり！」

華江が過保護を発揮しているだけのはずなのに、なぜか修羅場が発生しているような。

「……いや、何でそんなに険悪なのよ？　ずっと主従としてやってきたのに」

思わず口を挟むと、彼らは揃って菊華の方を向いた。

「それとこれとは話が別です」

「そうよ！　可愛《かわい》い娘に愛のない結婚を強いた男なんて絶対に認めないわ！」

別に何も強いられていないが、菊華は遠い目になった。あまりに息がぴったりなので、仲は悪くないのだろう。きっと。

両者の言い合いを聞き流しながら、菊華は伊万里《いまり》の大皿を鑑賞する。

十七世紀後期の古伊万里様式は、濃く塗られているのが特徴だ。

菊の花を模すように成形された縁取り。黄色や赤褐色の菊の花が緻密に描き込まれており、濃青《こきあお》と白の地色が対照的で美しい。まさに菊尽くしの名品だった。

「その伊万里の大皿……それはいわくつきじゃなく、あなたのお祖父様《じいさま》が蒐集《しゅうしゅう》したのよ」

肩越しの呟《つぶや》きに、菊華は振り返った。

いつの間にか言い争いをやめていた華江が、しみじみと大皿を見つめている。

「あなたが無事生まれたことがよほど嬉しかったみたいで、記念にと。菊華という名前を決めたのも、あなたのお祖父様だったわ」

「お祖父様が……」

菊華が生まれてすぐに亡くなった、骨董《こっとう》好《ず》きだったという祖父。

父とは反りが合わなかったからか、そんな話は初耳だった。

菊華は、改まった気持ちで伊万里の大皿と向き合う。

胸が熱い。これまでも大切に思っていたけれど、今はもっと愛《いと》おしかった。

人と人との気持ちを繋ぎ、大切に守られてきたものが骨董品となる。そこには、受け継がれてきた分だけ思い出が詰まっているのだ。

遠い過去からの軌跡が、記憶の欠片《かけら》達が、きらめいて現在を照らす。

それは、まるで彗星《すいせい》のように。

だから菊華は骨董が好きだった。

あのまま一之宮家で、叔父に従って生きていれば楽だったかもしれない。売られた先で幸せを見つけられたかもしれない。

それでも、菊華は今がいい。

華族令嬢の『一之宮菊華』でも、貿易船の下働きをしていた『太郎』でもない。その全てをひっくるめた、苦労を乗り越えた今の『菊華』が一番好きだ。

伊万里焼に映る歪《いびつ》な笑顔が、何より誇らしかった。

「じゃあなおさら、大切にしなきゃね……」

「つまり、買い取りをご希望ということですか」

「――は？」

輝かしい笑みで菊華を覗《のぞ》き込《こ》むのは、政宗だった。

もはや驚愕《きょうがく》だ。今の流れで心が動かず、すぐさま交渉に持ち込もうとするとは。

「信じられない。あんたってどこまで悪魔なのよ……」

「俺は別に、金銭で購《あがな》えとは言っていませんよ。経験上、あなたなら画期的な提案ができるものと、期待しているんですがね？」

引き気味になった菊華に、政宗が意味深な流し目を送る。

期待とまで言われれば受けて立つしかない。

「なるほど、取引ってわけね。やってやろうじゃない」

そうだ。一之宮家にあった骨董品を取り戻す夢は政宗が叶えてくれたけれど、自分の骨董店を開くという野望はまだ実現していない。

ここで満足などしていられなかった。

「その挑発、受けて立ってやるわよ。きっちり評判を取り戻すどころか、『東堂政宗抜きでは社交界が成り立たない』とまで言わしめてみせるわ。その時は、ここにある骨董品、全部私がいただくから」

勝気に笑って対峙《たいじ》すると、彼もまた満足げに笑う。

「俺の可愛い子猫が、また大きく出ましたね」

「だから、猫扱いしないでってば」

確かにこれもまた、時間のかかりそうな取引。

契約満了の日はさらに先になりそうだ。

もしかしたら、政宗の術中にはまってしまっただけなのだろうか。

けれど不思議と腹が立たない。

「――まだまだよろしく頼むわよ、期限付きの旦那様」

船上での言葉をなぞらえると、菊華は淑女にあるまじき満面の笑みを浮かべた。

あとがき

はじめまして、あるいはいつもありがとうございます。浅名《あさな》ゆうなと申します。

このたびは『英国骨董店《えいこくこっとうてん》がらくた偽装結婚《ぎそうけっこん》』をお手に取っていただき、本当にありがとうございます。

こちらは英国ヴィクトリア朝を舞台とした物語――なのですが、主人公は野望に燃える商売人です。ヒーローも顔だけはいいインテリヤクザです。世界観をぶち壊しながら大暴れしているかもしれませんので、何とぞご了承ください。

一話ごとの短編形式で、テーマは骨董品。

今回本編を書くにあたり、骨董の世界を深掘りしてみました。これまでは綺麗《きれい》だなと眺めるだけだったのですが、時代的な背景は調べるほど興味深かったです。歴史があるからこそ、骨董品は重厚な存在感を放つのだと、再認識しました。

美しさに一滴の影を落とすような話だけでなく、素敵な話や心温まる話。それぞれが息づいて魅力となり、骨董そのものの価値となる。とても面白いことです。

このお話を書きはじめてから、近所にあるアンティークショップの存在に気付きました。

それからは通るたびに、上品なテーブルウェアやアンティークジュエリー、家具なども飾られているのかな……と想像しています。

非常に雰囲気のあるお店なので、未《いま》だ一度も覗けていませんが、いつか勇気を出して入ってみたいです。

今回、あとがきページがたくさんあるということで、巻末におまけSSを書かせていただきました。

時系列でいうと、第三話のあとくらいでしょうか。

政宗《まさむね》視点での日常を切り取った一コマです。

お楽しみいただけると幸いです。

ここからは謝辞となります。

いつも心からお世話になりすぎている、編集様。

今回、締切日《しめきりび》を勘違いしてしまい……本当にご迷惑をおかけしました。いつも笑って許してくださり、感謝しかありません。とはいえ以後気を付けます。

カバーイラストを担当してくださった、宮城《みやぎ》とおこ先生。

昔から憧れていた先生とお仕事をご一緒できて、とても光栄でした。つよつよで前向きな菊華《きっか》と、ほの暗い笑みの政宗が想像以上に美しすぎました！　素敵なイラストを本当にありがとうございます。

そして、作家として駄目すぎる大量の誤字脱字をご指摘してくださる、校正様。美麗なイラストをさらに華やかに飾ってくださる、カバーデザイン担当様。印刷所の方々、各書店様。

この本の出版に携わってくださった全ての方々に、心から感謝いたします。

そして何より、読者のみなさまには最大級の感謝を！

本当に本当に、ありがとうございました！

浅名ゆうな

小話　小生意気な黒猫のいる暮らし

政宗《まさむね》が帰ると、執務室に小さな黒猫がいた。

そこにいるのが当然と言わんばかりに、ソファに丸まってくつろぐ子猫。状況を理解するまで、政宗は長い時間を要した。

ソファ前のテーブルには、ほんの少し前まで人がいたらしい気配がある。

女性ものの牛革の手袋に、手つかずの紅茶と焼き菓子――おそらく菊華《きっか》がいたのだ。

テーブルの上には他に、見慣れぬものもあった。

水牛の角を染めて作られた、ホーンジュエリー。

カトレアの花をかたどったもので、髪飾りにもブローチにもなる作りだった。

琥珀色《こはくいろ》の濃淡に味わいがあるとはいえ、ホーンジュエリーは全体が単色だ。そのため水晶や創作ガラスで飾られることも多いのだが、これは水牛の角の美しさを際立たせるため、あえて余計な装飾を排除しているようだった。

色々考えた末、政宗はソファの空いている箇所に腰を下ろした。

「……また、いわくつきでも押し付けられたんですか」

菊華と出会ってから、身の回りで数々の超常現象が起こっている。いわくつきの骨董品のせいで妻が子猫になったとしても、今さら驚かない。

いや。驚いてはいるものの、ここで政宗が動じてはいけないと思った。

一番動揺しているのは本人のはずだからと、努めて平静を装う。

「猫の姿でも、きっと今までと同じ食事ができるはずですよ。ほら、ハニーファッジでも食べますか？　あなたの好きなレモンサンドビスケットもありますよ」

ビスケットを摘《つま》み、黒猫の口元に持っていく。

彼女は不機嫌そうに喉を鳴らし、顔を背けた。

なんと小生意気な。

政宗は子猫の機嫌など考慮せず、ひょいと膝の上に抱え上げた。

「愛嬌《あいきょう》を振り撒《ふ ま》けとは言いませんが、俺にくらい可愛《かわい》げを見せてもいいんですよ？」

優しく語りかけるも抵抗は激しかった。

彼女は毛を逆立てて威嚇し、政宗の腕から逃れようと大暴れをはじめる。

けれどジャケットに爪を立てたところで、黒猫は急に大人しくなった。

オーダーメイドのフロックコートを傷付けてしまったと、内心青ざめているのだろうか。

気にしなくていいのに、と思う。

フロックコートなんてどうだっていいし、高級な食事も宝石も、彼女が欲しいというならいくらでも与えよう。

菊華になら、何一つ惜しくなかった。

だから、このまま側《そば》にいてほしい。

政宗は、そんな簡単な望みさえ言えないでいた。

菊華の人生の選択肢を狭めたくないとか、まだ契約が達成されていないとか、もっともらしい理由を並べてみるけれど、本当はただ臆病なだけ。

ほんの僅かにも困った顔をされれば、泣いてすがって醜態をさらしてしまいそうだから。

「不公平ですよね。俺にはあなたがいないと駄目なのに、あなたは一人で平気なんて」

不満をこぼす政宗だが、すぐに笑みを浮かべた。

小さくて温かい生きものを抱いていると、不思議と気持ちが穏やかになる。不満も悲しみも長続きしない。

政宗が耳の後ろをあやすように撫《な》でると、黒猫はくすぐったそうに目を細めた。

「可哀想《かわいそう》に。強いあなたでも、こうなってしまっては庇護《ひご》が必要ですね。いつまでだって、ここにいて構いませんよ」

可愛い、可愛い子猫。

きっと一人では生きていけない。

「残念でしたね。せっかく、逃がしてあげようと思っていたのに――……」

「――政宗？　何してるの……？」

扉口を振り返ると、普通に菊華が立っていた。

非常に気まずげな表情が気まずい。

猫に話しかけているところを見られてしまった政宗は、またも平静を装うことを選んだ。

「……菊華。おかえりなさい」

「ただいま……」

「……このブローチと子猫は、一体？」

追及を逃れたくて質問すると、彼女も動揺を押し隠すように小刻みに頷《うなず》いた。

「あぁ。ブローチは、今日行った骨董市で売られていたのよ。質のいいホーンジュエリーでしょう。その猫は、骨董市の帰りに見かけたんだけど、怪我《けが》してるし、近くに親もいないしで、とりあえず手当てをしようと思って連れ帰ったの」

菊華は、暇さえあれば骨董市をめぐっている。自分はともかく彼女は休んだ方がいいと、何とかやりくりして作った休日だとは知りもしないで。

政宗は、黒猫の小さな体を改めて観察する。

すると確かに、後ろ脚には小さな擦過傷があった。急に大人しくなったのは、単純に傷が痛んだためらしい。

その様子を眺めていた菊華が、だんだんにやつきはじめた。

「……え。あんた今、猫に話しかけてた？」

「何のことでしょう？」

「あらあら、誤魔化し方も雑だこと。可愛いところがあるのね、素敵な旦那様？」

弱みを握れたとでも思っているのか、彼女は意地悪げに目を細めている。

全く、可愛いのはどちらの方やら。

「……誤魔化す必要性を感じないだけですよ。この子猫が、愛らしすぎるのが悪い」

けれど臆病ゆえ、やっぱり言葉でも態度でも表現することができないから。

政宗はその代わりに、腕の中にいる黒猫の額にキスを落とした。

《参考文献》

・マーク・アラム（著）、藤村奈緒美（訳）『アンティークは語る』株式会社エクスナレッジ（二〇一五年）
・マシュー・ライス（著）、中島 智章（監修）、岡本 由香子（翻訳）『英国建築の解剖図鑑』株式会社エクスナレッジ（二〇二一年）
・平井杏子『ゴーストを訪ねるロンドンの旅』大修館書店（二〇一四年）
・木村 靖二（監修）、岸本 美緒（監修）、小松 久男（監修）、橋場弦（監修）『詳説 世界史図録 第5版』山川出版社（二〇二三年）
・村上リコ『図説 英国社交界ガイド エチケット・ブックに見る19世紀英国レディの生活』河出書房新社（二〇一七年）
・村上リコ『図説 英国貴族の令嬢』河出書房新社（二〇二〇年）
・ジュディス・ミラー（著）、岡部 昌幸（監修）、河合 恵美（監修協力）、大浜 千尋（翻訳）『西洋骨董鑑定の教科書』パイインターナショナル（二〇一八年）
・フランチェスカ・トリヴェッラート（著）、玉木 俊明（翻訳）『世界をつくった貿易商人 地中海経済と交易ディアスポラ』筑摩書房（二〇二二年）
・伊藤美也子『ミアルカ アンティークジュエリーの魅力とひみつ』目の眼（二〇二二年）